이제 시민이 꽃필 때

이제 시민이 꽃필 때

정읍의 새로운 미래
지극히 정성을 다하는 사람만이
나와 세상을 변하게 할 수 있다!

김민영 지음

스핑크스

차
례

1장

산골 소년

어린 시절 성장기

종석산 날다람쥐

산내면 종석산 아래 수침동 마을이 있다. 내가 태어난 마을이다. 추령천이 활처럼 산굽이를 돌고 돌아 망경대를 지나면 진상골 허궁실 사승골에서 달려온 물줄기들은 반갑다고 서로 얼싸안고 폭 넓게 수침동 앞을 흘렀다. 이미 이때부터 섬진강이다. 마을 앞 강 주위는 토사가 쌓여 넓은 장재들이 펼쳐졌다. 화산 폭발로 생겨난 단단하고 높은 앞산 뒷산 바위산들은 물이 밖으로 새어나갈 틈을 주지 않았다. 물은 산 안쪽으로만 궁궁을을ㄹㄹ乙乙 빙빙 돌아 징검다리 강을 건너 너듸장터 모래밭을 기웃거리다 임실 갈담으로 갔다. 그 뒤로 순창을 지나 구례를 지나 남쪽으로 흘러흘러 하동, 광양, 섬진강으로 남해 바다에 섞여들었다.

나는 어릴 적 동네 할아버지에게 신기한 이야기를 들었다. 옛날 옛적 어느 신통한 도사가 우리 마을을 지나다 말하길, 장차 물에 잠길 마을이라고 수침동이란 이름을 지어주었다는 것이다.

아무리 큰 홍수가 져도 잠기지 않을 만큼의 산기슭에서 대대로 살아온 마을이 물에 잠긴다니, 사람들은 백년이 지나도록 아무도 도사 말을 믿지 않았다고 한다. 그날 도사는 또 말하길, 이 강물이 서쪽으로 산을 뚫고 가 저 멀리 화경산 콧구멍에서 천길 물길로 쏟아지리라 예언했다. 물론 그 말을 믿는 이는 더더욱 없었다.

그런데 일제강점기 왜인들이 임실 쪽에서 남쪽으로 가는 강물을 붙들기 위해 높은 댐을 쌓았다. 남쪽으로 가던 강물이 수구가 틀어막히자 강은 호수가 되고 수위가 높아지기 시작했다. 사람들은 신통한 도사의 예언에 놀라워하며 부랴부랴 산 위로 마을을 옮겼다. 옛 마을 수침동은 물속에 잠겼다. 장이 열리던 너듸 마을도 산 위로 이사를 했다. 그런데 그뿐이 아니었다. 일제는 강 건너 산에 굴을 파더니 수구를 서쪽으로 돌렸다. 물은 여우치 고개 아래 종산리로 쏟아져 수력발전소 터빈을 돌린 후 검댕이 들판을 적시고 이평 배들평야를 지나 서해 바다에 다다르는 동진강이 되었다.

동네 할아버지는 그 신통한 도사가 종석산 맞은편 운주산 꼭대기 호랑이가 살았다는 도통굴에서 도를 닦았다고 했다. 호랑이가 도사님이 득도를 할 때까지 바위굴 위에서 지켜주었다고 했다. 나는 운주산 도통굴을 볼 때마다 그 신기한 도사와 호랑이를 생각하지 않을 수 없었다. 커서 앞날을 척척 알아맞히는 도

어린 시절의 나(오른쪽)

사가 되면 얼마나 좋을까, 도통굴에 가볼까 골똘히 고민을 하기도 했다. 눈 쌓인 날엔 친구들과 떼 지어 눈에 빠진 토끼를 잡으러 종석산을 헤집고 다녔지만 그러나 추령천 건너 훤히 보이는 산꼭대기 도통굴은 가보지 못했다. 어떤 청년이 도통굴에서 도를 닦다가 호랑이밥이 되었다는 말도 들었기 때문이었다. 지금도 그 도통굴은 변함없이 그 자리에서 구절초 동산을 내려다보고 있다.

나는 지금도 마을의 논둑과 동네 뒷산을 보면 어린 시절의 풍경들이 눈에 선하다. 장금 초등학생이 200명이었던 그 시절엔 새너듸와 수침동 위아래 아이들만도 50명이 훌쩍 넘어 골목이 늘상 와글와글 소란스러웠다. 낮에는 논둑에 서서 볼태기가 바람에 빨갛게 홍시처럼 터가며 연을 날리고 연싸움을 했다. 나무를 깎아 크레파스 칠을 한 팽이를 닥나무 줄기를 벗겨 묶은 팽이채로 넘어지지 않게 치며 논이나 냇가 얼음 위에서 팽이싸움도 했다. 나무를 깎아 철사를 박은 썰매에 무릎 꿇고 올라 못을 박은 썰매채를 얼음에 찍으며 내달렸다. 눈이 쌓인 날에는 비료 푸대를 들고 경사진 언덕에서 신나게 미끄러지며 구르고 엎어지며 또 잽싸게 언덕길을 올라 다시 미끄러졌다. 눈이 와도 바람이 불어도 밖에서 동무들과 형들과 노는 것보다 더 재미있는 것은 세상에 없었다.

설이 지나 대보름이 올 때까지 동네는 날마다 축제였다. 낮에는 연을 날리고 밤이면 불깡통을 돌리며 놀았다. 고구마를 가져다 구워 먹고 어둔 밤 골목길에서 숨바꼭질을 하며 밤마다 줄기차게 몰려다녔다. 어느 해였던가, 손에 쥐고 돌리던 철사에서 떨어져 나간 불깡통이 별똥별처럼 날아가 누구네 집 소여물 건초에 떨어져 불이 붙는 바람에 초가집 지붕까지 홀라당 타는 사고가 일어났다. 하지만 누구 불깡통이 날아가 사고가 발생했는지 찾아내 혼내지는 않았다. 애들이 놀다가 일어난 일이었다. 어른들은 힘을 합쳐 초가지붕을 새로 얹고 소먹이를 나눠먹였을 것이다.

너그럽고 따뜻한 인정이 살아 있었던 시절이었다. 누구 집에 가든지 먹던 고구마를 나눠주었고 외지에서 친척이 맛난 것을 들고 찾아오면 나눠서 집집이 맛을 보였다. 어느 겨울 고흥에서 유자를 가져온 친척이 있었을 것이다. 그 향내 좋던 노란 유자 하나를 온 동네 아이들이 한 쪽인가 반쪽인가 나눠먹었다. 입에 넣자마자 금세 혀 아래 침이 고이고 저절로 눈이 감기던 그 시디 신 순간이 잊히지 않는다.

이런 유년 시절을 보낸 덕분에 나는 요즘 아이들과 청소년들이 어릴 적부터 휴대폰과 게임, 책과 공부에만 둘러싸여 자라는 것이 안타깝다. 어린 시절은 흙과 눈과 바람 속에서 뛰어놀고 친구들과 뛰어놀고 낮에도 밤에도 뛰어놀았으면 좋겠다. 실수를 해도 크게 혼내지 말고 내 아이든 이웃 아이든 너그럽게 길렀으면 좋겠다. 밖에서 뛰어다니며 노는 아이들만큼 저절로 미소 짓게 하는 것은 없다. 도사가 될까, 장래 계획을 다양하게 스스로 상상하는 것도 얼마나 필요한 일인가. 그것이 자기 새가 둥지를 떠나 하늘을 나는 것처럼 자기 삶을 스스로 사는 출발이 아닌가.

아이들이 자연 속에서 친구들과 더 오래 놀 수 있도록 어른들이 맘을 써야 한다. 놀아야 행복하고 놀아야 건강하다. 100세 인생이라는데 마음껏 노는 시절 또한 더 늘어나야 하지 않겠는가. 아이들이 잘 놀 수 있는 도시가 살기 좋은 도시, 생명력이 넘치는 도시이다. 숨을 멈추고 살금살금 잠자리를 잡기 위해 손을 내밀던 그 떨림이나 물고기를 잡으러 물풀과 모래를 맨발로 밟던 감촉이나 보리밭에 종달새 둥지를 찾아 헤매던 그 감정의 풍요로움이 꽃필 수 있어야 한다. 맨발 벗고 종일 흙 파며 놀 수 있는 흙 놀이터, 온몸을 물에 적시며 돌과 모래를 파고 놀 수 있는 자연 속 물 놀이터, 강아지와 마음껏 뛰어다니며 놀 수 있는 공원 놀이터가 많은 도시를 만들자. 청소년들이 높은 산을 오르고 호수에서 노를 젓고 새처럼 날아가는 패러글라이딩을 공짜로 할 수 있게 환경을 만들자.

정읍시 예산 1조, 시민 한 명당 예산이 1천만원이다. 아이들은 충분히 놀이터를 제공받고 누릴 권리가 있다. 세금으로 책정되는 예산은 어른이나 아이나 청소년이나 청년이나 누구에게나 공평해야 한다. 혜택과 복지가 고루고루 단비처럼 적셔져야 한다.

옥정호 난국정

아버지는 말이 많지 않으셨다. 농사일을 멀리하고 장날이나 장날 아닌 날도 구두를 신고 칼 주름 잡힌 양복을 빼입고 읍내 나가기를 즐겨 하셨다. 나는 어머니와 할머니가 산밭에 콩과 깨를 심고 뽕잎 따서 누에를 치시고 감을 따서 파시고 늘 농사일에 힘들어 하시는 걸 보며 자랐다. 게다가 읍내에 나가시면 취해서 막차를 타고 돌아오기 일쑤였으므로 나는 아버지를 얼마쯤은 이해할 수 없었다.

아버지는 장금산 아래 난국정에서 계를 추리시기도 했는데 그때도 여지없이 취하셨다. 아버지는 해마다 한 번 난국정 계모임을 하시는데 그것은 윗대 고조부, 증조부 때부터 내려온 유훈이었다. 나와 같이 난국정에 가도 산과 호수를 그저 말없이 바라볼 뿐 아버지는 윗대에 대해서 그리 자상하게 일러주지 않았다. 나는 할머니께 들은 이야기만 몇 가지 기억하고 있다.

6대째 수침동에 터를 잡고 살아온 김해 김씨 우리 집 고조부께서는 머리가 좋고 성실하셨다. 우리 집은 일꾼 식솔들이 여럿 있는 산중 부잣집이었다. 고조부는 일제강점기 때 일꾼들을 동원해 뒷산에서 베어낸 나무로 장작 패서 구절재 너머 군산까지 소 구르마에 싣고 가서 팔았다. 산이 보잘 것 없던 항구는 사람이 많았고 나무가 귀했다. 일본인이 많았기에 장작은 언제나 가까운 정읍 나무전에서 파는 것보다 훨씬 비싼 값에 잘 팔렸다.

나무 장사로 돈이 모이자 고조부는 태인 거산역에 센베 과자 공장을 열었다. 토지가 넓은 지역이어서 과자도 잘 팔렸다. 장작 파는 것보다 덜 힘들고 돈을 많이 버셨다. 사업 수완이 뛰어난 고조부 덕분에 우리 집안 땅을 밟지 않고는 산내 소재지에서 수침동에 들어올 수가 없었다고 한다. 또 당시에는 귀했던 자전거를 타고 태인까지 다니셨다. 산내골에서 세금을 가장 많이 내는 1등 호세 집안이 우리 집이었다.

일제강점기 사람살이는 팍팍했다. 강 건너 마을 너듸도 사승이라는 한자어로 이름이 바뀌었다. 집집마다 콩을 한 알씩만 모아도 콩이 넉 되가 나오는 큰 마을이어서 사승이라고 훗날 붙여진 이름이다. 너듸는 그냥 넓은 디, 넓은 들, 장재들이라고도 했다. 그것을 한자로 넉 되, 즉 사승이라는 이름으로 바꾼 것 같다. 들이 넓으니 마을도 컸다. 강물 주위 너른 들판엔 벼가 자라고 큰 마을이 생기고 장이 열렸다. 너듸장은 임실 강진장과 산외 용머리장 가운데 큰 장이었다. 순창 쌍치나 임실 태인 사람들도 산 넘어 물 건너 너듸장에 몰려왔다는 말은 지금은 전설처럼 들린다.

일제강점기 전주, 군산, 김제, 고창, 정읍 등 도내 각처의 유림 80명이 뜻을 모아 강가에 난국정을 세웠다. 고조부도 큰돈을 내셨다. 난국정蘭菊亭은 춘난추국春蘭秋菊, 즉 봄철의 난과 가을철 국화의 뜻을 기리는 정자라는 뜻에서 난과 국화처럼 살자고 결의했다고 전해진다. 사방으로 여러 산이 연꽃 봉우리처럼 둘러쳐 있고, 잔잔한 강물은 바람 따라 은빛 물결을 치니 신선이 노닐 만한 아름다운 풍경이어서 시인 묵객들이 멀리서 찾아왔다. 지금도 난국정은 옥정호를 찾는 이들에 사랑받는다.

갓에 흰 도포를 입고 난초처럼 국화처럼 아름답고 향기롭고 지

옥정호에 자리 잡은 난국정

조 있는 삶을 결의했던 분들과 함께 고조부의 이름이 지금도 비석에 새겨져 있다. 원래 난국정 자리는 옥정호 속에 깊숙이 잠겼다. 큰비가 오지 않는 한 강물은 산과 산 사이를 활ㄹ처럼 새z처럼 얕고 느릿느릿 흘렀다. 강물이 내려다보이는 산기슭에 정자를 지었다. 그러나 댐이 생기고 물의 수위가 높아지면서 정자를 뜯어 위로 옮겨 짓고 비석도 이사를 했다.

해방 후 1965년 옥정호는 농업용수와 칠보수력발전소에 전기를 공급할 뿐만 아니라 상수원이 되었다. 따라서 다목적댐은 더 높아지고 난국정 또한 더 높은 층으로 산 위로 옮겨졌다. 극심한 가뭄으로 옥정호 바닥이 드러났던 그해, 마을 사람들은 호수 바닥 구들장처럼 깔린 검은 돌들을 가리키며 저기가 난국정 기둥이 서 있던 자리라고 말했다. 100여 년 전 난국정을 지었던 분들은 정자의 지붕보다 수십 배 높이 물이 차오르리라는 생각은 결코 할 수 없었을 것이다.

정읍시 칠보면 시산리에 위치한 칠보수력발전소는 옥정호 취수구에서 약 6.2km 압력수로를 이용, 도수하여 발전을 한 후 물을 동진강으로 방류함으로써 약 4만 정보의 호남평야에 농업용수를 공급하고, 전라북도 서남지역 광역상수도 수원을 공급하는 우리나라 최초의 '유역변경식' 수력발전소이다.

댐이 만들어지기 전 너듸장터에서 건너오는 징검다리가 있었다. 댐이 생기고 왜정 때는 나룻배를 30원씩을 받고 건네주었다.

내가 태어났을 때 옥정호는 이미 바다처럼 넓은 호수였다. 우리는 오랫동안 산내 저수지라고 불렀다. 어린 시절에는 너듸장터를 오가는 나룻배와 물고기를 잡는 고깃배가 호수 위로 둥둥 떠다니는 것을 보았다. 동네 사람들은 호수에서 건져올린 물고기에 시래기를 넣고 매운탕을 자주 끓여 먹었다. 어느 해인가 몹시 가물어 강물의 바닥이 드러났을 때 너듸장터로 가는 징검다리와 옛 마을의 흔적이 보였다.

난초와 국화가 사시절을 오래 푸르다가 매서운 서리에도 꽃이 아름답고 향기를 내뿜는 것은 절개를 지키고 지조의 의리를 변치 아니함이다.

아버지는 난국정에 서서 이 정자를 고조부께서 세우셨다고 말씀하셨다. 그 후손들은 고조부가 잡은 집터에서 6대째 나고 자랐으며 4대 현손인 아버지께서 난국정 보존회장을 맡아 그 계를 이어오고 있다.

곤봉의 달인

나는 어릴 적부터 할머니의 사랑을 받고 큰 순둥이여서 누가
뭘 시키든 다했다. 작은 당숙이 칠보에 데려가서 자전거를 태워
주다가 발이 자전거살 사이에 끼여 돌아가는 바람에 크게 다쳐
기브스를 오랫동안 하고 지냈는데 그때도 춤과 노래를 시키면
열심히 했다. 귀엽다고 꿀밤을 때려도 아파도 울지 못하고 춤을
추던 기억이 난다.

나는 여섯 살에 장금초등학교에 입학했다. 그때는 사람들이
많이 살아서 초등학교(국민학교)가 많았다. 산내초등학교, 능교
초등학교, 매죽초등학교, 장금초등학교, 장금산 너머 종성초등
학교, 황토리에도 학교가 있었다.

말도 잘하고 말귀도 잘 알아듣고 노래도 잘하고 춤도 잘 추
었으므로 2년 일찍 학교 입학을 하게 된 것이다. 3월은 산속 마
을에서는 아직 겨울이라 춥고 강에서 부는 맞바람에 날아갈 것

같았다. 바람 모퉁이를 뛰어서 돌 밑에 쉬었다가 돌아오면 마을은 이불속처럼 안온하고 따뜻했다.

매사에 부지런하고 활달했던 어머니의 열성도 회문산 눈보라 못지않게 강해서 나는 9살, 10살이 되어야 입학하는 1학년 교실에서 선생님의 무릎에 앉아 공부를 하곤 했다. 하지만 집에서 2킬로를 강바람에 꼬박 걸어가야 하는 학교 길은 너무 힘들었다. 난로에 땔 장작꾸러미를 들고 가거나 또 전교생이 산으로 나가 솔방울 줍는 일도 여섯 살 아이에게는 너무 고되었다. 더구나 나이 많은 형들은 어린 내가 선생님의 사랑을 독차지하는 것을 미워해 때리기도 하고 윽박지르기도 하면서 놀려대기 시작했다.

늘 귀염과 사랑만 받다가 미움도 받으니 나는 학교 가는 것이 점점 힘겨워지기 시작했다. 가방을 메고 집에서 나와서는 집 가까운 큰 바위 뒤에 숨어서 혼자 놀다가 집에 가곤 했다. 우리 집은 산꼭대기에 있었고 내가 보이지 않는다고 찾으러 올라오는 친구들도 없었기에 학교가 끝나 멀리 길에서 동무들이 돌아오는 것을 보았다가 나도 집으로 돌아갔다. 며칠 후 그 사실을 알고 어머니는 펄쩍 뛰셨지만 할머니가 학교 가기 싫다는 손주를 옴싹 품어주셨기에 별일 없이 집에서 놀다가 일곱 살에 다시 입학했다.

제 나이에 맞게 학교를 다니다가 6학년에는 전교학생회장이 되었다. 인정을 받고 싶어 무엇이든지 정말 열심히 했다.

지금도 학교 운동회가 생각난다. 전교생과 학부모, 선생님, 면장, 서장, 우체국장 같은 지역 유지분들 앞에서 사단장처럼 서서 곤봉을 돌려야 했다. 모든 눈이 학생회장인 나에게 쏟아질 것을 생각하면 혹시나 곤봉을 놓치거나 순서를 틀릴까봐 마음에 큰 짐이 되었다. 달밤에 마당에서 하염없이 곤봉을 돌리며 연습했다.

덕분에 운동회날 나는 곤봉을 하러 태어난 아이처럼 신들린 곤봉 실력으로 감탄을 자아냈고 장금초등학교 역사 이래 나처럼 능수능란한 곤봉 실력을 보여준 이는 없었다는 찬사를 한몸에 받게 되었다. 피나는 연습 끝에 성취한 경지와 그로 인한 인정은 오랫동안 나를 곤봉의 달인으로 으쓱하게 만들고 자신감을 심어주었다. 역할에 따른 심리적 부담감이 연습에 몰두하게 함으로써 질적 성장을 불러온 것이다.

아마 남 앞에 서는 것을 즐기게 된 것은 그때부터였음에 틀림없다. 책임을 져야 하는 자리를 마다하지 않고 맡은 일에는 달밤에 곤봉 돌리듯 최선을 다하는 사람이 되었다. 자리가 사람 만든다는 말의 사례였다. 나는 주위의 기대를 저버리지 않기 위해 책임감이 강했고 할 수 있다는 자신감 덕분에 누구에게나 친절한 사람이 되었다.

아무리 급해도 조장-벼를 빨리 자라라고 뽑아주는 것-은 벼를 병들고 죽게 만든다. 모내기를 하고 김매기도 하고 이삭이 여물기를 기다려 벼를 거두어야 한다. 남들보다 더 빨리 글자와 숫자 배우기를 경쟁하고 영어회화에 조바심치는 요즘 세태 자녀 교육법에 자라는 아이들이 안타깝다. 일에는 때가 있고 특히 어린 시절엔 동무들과 자연 속에서 솔방울처럼 구르고 물고기처럼 헤엄치며 연을 날리면서 새처럼 나는 꿈을 꾸는 것이 무엇보다도 중요하게 느껴진다.

나의 하늘 나의 할머니

칠보 반곡리에서 할머니는 태어나셨다. 도강 김씨 집안의 딸인 할머니는 7남매의 장남인 할아버지와 혼인했다. 태인 거산역에서 과자 공장을 하는 부잣집 맏며느리로 시집와 궐내댁이라 불렸다. 할아버지는 13세에, 할머니는 15세에 혼인하셨다. 요즘 말하는 연상연하 커플이다. 할아버지 22세에 첫아들 우리 아버지가 태어났다. 그러나 아들이 100일도 되기 전에 할아버지는 병으로 세상을 떠나셨다. 할머니는 24세에 태어난 지 63일 된 아들 하나를 데리고 청상과부가 되셨다. 아들 하나를 보고 살다 태어난 첫 손주가 바로 나였다. 밤하늘의 칠성님께 할머니는 일곱이레 동안을 절구통에 쌀을 찧어 떡을 쪄서 바쳤다. 손주를 잘 돌봐주시라고 항아리에 물 떠놓고 밤마다 비나리를 하셨다.

산과 밭, 논이 많았지만 일할 사람이 없었다. 다들 공장이 있는 도시로 돈을 벌기 위해 떠나면서 그 많았던 머슴과 소작인을 구할 수가 없었다. 내가 초등학교 다닐 때 일하던 두 사람을 마지막으로 도회지로 일꾼들이 떠나면서 할머니는 날마다 밭에 엎드려 일했다. 정월에 나를 낳으신 어머니께서 내가 돌이 되기도 전에 동생을 가지셔서 나는 더는 젖을 먹을 수가 없었다. 할머니는 쌀을 불리고 확독에 절굿대로 빻아 체에 쳐서 내린 고운 쌀가루로 백설기를 쪄서 말린 가루를 하루에도 몇 번이나 죽처럼 끓여 원기소를 타서 먹였다고 한다.

하루는 어머니와 할머니가 밭을 매고 돌아와 보니 내가 대주병 참기름 한 병을 방바닥에 쏟아놓고 얼굴과 온몸에 다 묻히고 그 꼬숩고 미끌미끌한 재미에 빠져 있었다고 한다. 어머니는 저 비싸고 귀한 1년치 참기름을, 제사도 지내고 명절에도 써야 할 참기름을 아작을 내놓았으니 어쩌나 하면서 가슴이 쿵하고 무너졌지만 천진하게 웃고 있는 내 모습에 할머니는 웃음을 터트리고 혼을 내기는커녕 칭찬을 하셨다는 이야기를 나는 수없이 들었다. 마을에서도 늘 귀염을 받아서 누가 머리를 세게 헤딩해노 나는 우는 법이 없었다고, 앉을 때부터 내내 예쁜 짓을 했다고 한다. 내가 사람을 의심하지 않고 누구나 선의나 호의를 가지고 좋아하게 된 까닭이 바로 할머니의 그런 사랑 때문이었을 것이다.

언제나 쪽진머리로 담배를 피우시던 할머니는 천식이 심해서 숨이 넘어갈 듯 기침을 하셨다. 내가 한의대를 가겠다고 고시 준비생으로 벌통바우가 있는 산골 집에 틀어박혀 촛불 켜고 밤을 새우며 공부했던 데에는 할머니의 기침도 한몫했다.

칠보중학교를 다니면서 할머니와 떨어져 살게 되었다. 돌도 되기 전부터 나를 데리고 한 방에서 사셨던 할머니는 일요일이 되면 아침부터 우셨다. 속옷과 양말을 아랫목 이불속에 넣어서 따뜻하게 데워놓았다가 장금산을 넘어오는 버스 시간에 맞춰 입히시고 차 타는 데까지 데려다주셨다. 우리 동네에 거처를 마련한 박성우 시인이 쓴 〈자두나무 정류장〉의 배경이 바로 할머니와 내가 토요일마다 헤어지던 수침동 그 정류장이다.

외딴 강마을
자두나무 정류장에

비가 와서 내린다
눈이 와서 내린다
달이 와서 내린다
별이 와서 내린다

나는 자주자주
자두나무 정류장에 간다

_박성우, 〈자두나무 정류장〉 중에서

고우신 할머니 모습

할머니는 나를 그렇게 칠보로 보내고 한참 동안 버스 꽁무니가 안보일 때까지 쳐다보시다가 마을길을 올라 꼭대기 집 마루에 앉아 멀리 너듸 마을이 보이는 옥정호를 쳐다보시며 담배를 한 대 피워 물으셨을 것이다. 할머니는 부지런하셔서 서너 시간만 자고 늘 무엇인가를 하셨다.

할머니는 내가 결혼하고 셋째 막내딸을 낳은 달에 돌아가셨다. 추석 때 벌초를 하고 어디어디 벌초를 했다고 알려드리고 저녁밥도 같은 밥상에서 함께 잘 먹었다. 그날 밤 할머니는 한밤중에 주무시듯 돌아가셨다. 단 하루도 병원 신세를 지지 않고 아침에 피었던 무궁화가 도르르 말려 한밤중에 깨끗이 흙으로 떨어지듯이 그렇게 가셨다. 79세셨다. 나는 태어나서 가장 많이 울고 또 울었다.

할머니가 밤에 기침을 숨 넘어갈듯 하시면 나는 왈칵 겁이 나 제발 담배를 끊으시라고 화를 냈다. 그럴 때마다 할머니는 서운해 하셨다. 그것이 지금도 마음에 죄송함으로 남아 있다. 24살에 젖먹이 아들 하나 데리고 청상과부 홀로 되셔서 할머니는 땅을 지키고 붙박이 나무처럼 그렇게 사셨다. 담배를 수심초 과부초라고 했던 데는 이유가 있었다. 담배라도 피우지 않으면 모진 세월을 어찌 견뎌내셨겠는가.

본인 밥은 굶어도 미역 장사, 내복 장사 등 보따리를 머리에 이고 온 장사꾼에 밥을 주고 같은 방에 잠재워주셨다. 방귀를 뀌어도 장군 같다며 엉덩이를 두드려주고 참기름을 온통 방바닥에 쏟아놓고 뒹굴어도 머리를 쓰다듬어주신 분. 밤새 친구들과 놀다 들어오면 "아이고, 내 새끼 잘 놀고 왔는가" 하며 아랫목에 넣어두었던 내복으로 갈아 입혀주고 엿이나 한과를 석작에서 꺼내주시던 할머니. 나는 그런 사랑을 베풀 수 있을까.

아버지의 얼굴을 모르는 아버지

겨우 24세에 청상과부가 되신 할머니는 시부모와 조부를 모시고 아버지 얼굴을 기억하지 못하는 외아들인 우리 아버지만 바라보고 평생을 사셨다.

아버지 다섯 살에 해방이 되고 6·25전쟁이 일어났을 때 아버지는 10살이셨다. 근처의 회문산은 남부군 빨치산의 근거지였고 종석산도 칠보산도 내장산도 밤이면 빨간 나라 낮에는 파란 나라, 국군과 빨치산이 밤낮으로 총을 쏘고 대포를 쏘고 사람을 잡아가던 혼란의 시대였다. 잘살면 반동이던 시대, 우리 집도 재산이 몰수되고 크나큰 비극이 일어났다. 작은할아버지가 칠보면의 치안대장이었기 때문이다. 치안대는 경찰과 같이 다니며 빨치산을 토벌했다. 황순원의 〈학〉을 교과서에서 공부할 때 작은할아버지 생각이 났다.

우리 집안도 네 명의 가족이 빨치산의 총에 한날한시에 목숨을 잃었다.

아무것도 모르고 뒷산에 놀러갔던 아버지는 그렇게 두 분의 할머니와 작은고모, 세 살 먹은 사촌동생의 마지막 모습을 묘지 뒤에 숨어서 숨죽여 지켜보았다. 아버지 11살 때이다. 가족 중에 경찰이나 치안대가 있는 집은 잡아서 무참하게 살해했다. 서로 죽고 죽이는 가운데 몇 년간 곡소리가 끊이지 않는 골짜기가 바로 회문산 줄기 산내 골짜기들이었다.

1·4후퇴로 다시 공산당이 물밀듯 내려왔을 때 산속에 있던 빨치산들이 산에서 내려와 마을을 모두 점령했다. 우리 집도 당연히 포함되었다. 명당이라고 꼭대기 세 필지 600평에 집 여섯 채에 안채와 나무청, 외양간, 마구간, 머슴방, 행랑채, 손님방, 사랑방 등 집안에는 머슴들이 많았고 식솔들로 늘 북적인 곳이었다. 그렇다면 빨치산들은 왜 빨치산이 되었을까?

일본에 핵폭탄이 떨어지고 해방이 되자 일본이 물러가고 토지를 무상 분배한다는 소식에 골짜기는 소란스러웠다. 해방이 된 후 며칠 만에 고조부가 돌아가셨다. 증조할아버지는 3년 동안 하얀 방갓을 쓰고 삼년상을 치르면서 제사 때마다 소를 잡아 고기를 썰고 떡도 몇 가마 해서 떡과 고기를 근동의 집집마다 배달을 했다. 그러나 3년상을 치른 증조할아버지도 동국대 다니며 학생회장을 하던 폐병 아들을 잃고 곧 돌아가시고 과수원을 비롯한 집안 살림을 일곱 살 아버지를 대신해 작은할아버지가 맡았다.

일본은 물러갔지만 미국이 들어왔다. 칠보면 면서기도 경찰지서장도 일제 때 그 사람, 그들은 그대로 큰소리치며 해방공간에 득세했다. 일제강점기 때 친일파들에게 빼앗긴 땅들도 다시 찾지 못했다. 해방이라지만 해방인지 알 수 없는 사람들의 불만이 쌓였다. 그러다 전쟁이 터졌고 공산당이 미국과 친일파를 처벌하고 무상몰수 무상분배, 땅을 가난한 사람들에게 나눠준다는 소식은 대다수 가난한 삶들을 빨치산으로 만들었다.

수침동 맨 꼭대기에 고조부가 큼지막하게 지으셨던 우리 집은 빨치산 차지가 되었다. 행랑채를 불지르고 기포중대 2중대 80명이 마당에서 소를 잡아먹고 증조할머니와 할머니, 작은할머니 등은 날마다 밥을 해주어야 했다. 빨치산 중대장은 아버지의 능교국민학교 1학년 담임 선생님이었다. 병에 폭약을 넣어 던지고 백설기 떡을 말려 가루를 빻아 폭탄을 만들었다. 작은할아버지는 집을 빼앗기고 어머니와 집안사람들이 꼼짝없이 빨치산의 밥을 해대자 칠보로 가서 치안대가 되었다. 경찰과 군대와 함께 빨치산으로부터 삶터를 지키기 위한 몸부림이었다. 우리 아버지는 그때 어린 나이에 꿀단지 조청 단지가 대장 차지가 된 것이 못내 서럽고 분했다고 한다.

쌀밥은 구경도 못하고 옥수수를 갈아 옥수수죽이나 보리쌀 한 줌을 확독에 갈아 온갖 푸성귀를 넣어 끓인 보리죽이나 쑥을

캐다 밀가루 한 줌을 뒤적여 찐 쑥버무리 밀을 갈아서 쑥과 치대 반죽을 해서 찐 밀개떡이 그 시절의 끼니였다.

맥아더 장군의 인천상륙작전으로 허리가 잘린 북한군들은 태백산맥을 타고 북으로 갔지만, 빨치산들은 근거지에 계속 남아 다시 공산군이 내려올 때까지 기다리라고 했다. 그들이 남부군이었다. 삼팔선이 쳐지고 남부군은 회문산, 지리산, 백운산 산속에 숨어 먹을 것을 찾아 마을로 내려왔고 이승만 정부는 빨치산 토벌에 사활을 걸었다. 이승만 대통령은 빨치산 토벌을 위해 회문산 꼭대기에 헬리콥터 착륙장을 만들고 산에 불을 질렀다. 다다다 헬리콥터 소리가 나며 하늘에서 삐라가 흰 눈처럼 내렸다. 지리산에서 남부군 총사령관 이현상이 사살당하고 회문산의 빨치산들이 토벌되는 때는 6·25전쟁이 휴전되고 3년이 지나서였다.

총소리는 멎었지만 동네에서 윗집 아랫집 사이에도 씻을 수 없는 상처와 철조망이 생겼다. 그리고 그렇게 50년이 넘게 흐른 뒤에야 김대중 대통령의 햇볕정책으로 남북이 오가고 개성공단이 만들어지고 금강산 여행까지 가능하게 된 것이다.

06

새벽 종소리

장금초등학교를 졸업하고는 칠보에서 중학교를 다녔다. 백암리에서 무성서원을 지나 동진강 다리를 건너서 다녔다. 집을 떠나와 외롭기도 한 중학교 1학년 까까머리 시절이었다.

그런데 어느 날부터인가 걸어가고 있는 내 옆에 자전거가 멈추었다. 그 친구는 2년 가까이를 그렇게 날마다 나를 자전거 뒷짐칸에 태우고 다녔다. 비 오는 날에도 바람 부는 날에도, 경사가 가파른 길엔 내려서 걸어가야 하는데도 그리했다. 어느 날은 둘이 함께 개울에 빠지기도 했다. 귀찮지 않았을까? 중3이 되자 어머니는 나에게 자전거를 사주셨다. 그때까지 나를 태워주던 그 친구와 만나고 싶은데 지금은 소식을 모른다.

나는 고등학교를 졸업하고 재수를 했다. 부모님께서는 큰아들인 나를 대학에 보내고 싶어 하셨다. 대부분 농촌 부모님들의 꿈은 자식이 의사나 판검사가 되는 거였다. 낙방하고 전주에서 재수를 했는데 산이 자꾸 그리웠다. 공부에 집중이 되지 않았다는 게 더 솔직한 말이리라. 동생들은 전주에서 학교를 다니고 있고, 난 재수학원을 다니고 있어 이중으로 생활비를 대느라 고생하는 부모님께 죄송한 마음도 컸다. 부모님께서는 말렸지만 몇 달 후 학원을 그만두고 나는 책을 싸들고 고향인 산내로 돌아왔다. 혼자서 해보려 한 것이다.

아무도 안 만나고 공부하려고 머리를 박박 밀었다. 다 쓰러져 가는 흙담 과수원 옛집에서 할머니와 살며 공부를 했다. 할머니가 전주에서 학교 다니는 동생들 밥해 주러 가시고 혼자 공부를 할 땐 막내 동생이 장금초등학교 가기 전에 집에서 도시락을 가져다주고 가곤 했다. 전기가 들지 않는 집에서 촛불을 켜고 공부했다. 때때로 어머니가 오셔서 냉방에서 잔다고 불을 지펴주시면 방안에도 연기가 자욱했다. 어머니가 연초면 들르시는 암자에서 초를 한 보따리씩 가져다주셨다. 잠이 안 오면 겨울에도 집 앞 계곡에서 차가운 얼음을 깨고 냉수마찰을 하곤 했다. 꿈은 컸지만 현실은 초라했다.

처음 교회에 다니기 시작한 것도 그때였다. 수침동 마을에 천막을 치고 총각 전도사님이 전도를 하고 계셨다. 교회가 없는 시골, 야소교라고 부정적인 눈길로 바라보는 이가 많은 마을에 홀로 개척을 하러 오신 분이셨다. 그 용기와 믿음이 놀랍기만 했다. 산속의 내게도 가끔 전도를 오셨는데 생각이 바르고 좋은 말씀을 많이 해주셨다. 외롭고 힘겹고 좌절이 엄습하던 시기였다. 신에게 의지하고 기도하고 모든 걸 맡기고 신이 내 삶을 책임져주셨으면 하는 마음으로 새벽 교회에 나갔다. 성경을 읽고 기도를 하고 찬송가를 부르면 마음이 편했다. 갈피를 못잡고 방황하는 나에게 기둥이 되어주시던 그 전도사님은 목사님이 되어 지금은 고창 제일교회에 계시는데 30년이 넘는 세월이 흘렀지만 마음에 늘 남아 있다.

장금교회가 세워지고 새벽이면 종소리가 댕, 댕 울렸다. 그 종소리에 잠이 깨면 깊은 산속에 울려 퍼지는 그 종소리가 참 좋았다. 작은 교회다보니 가지 않으면 빈자리가 너무 크다. 그래서 빠지지 않고 꼭 갔다.

크리스마스이브 때면 예수님이 태어나신 마구간처럼 허름한 산골 교회에서 시루떡도 하고 합창도 하고 요셉과 마리아가 베들레헴에서 아기 예수를 낳는 연극 공연도 했다. 동방박사 세 사람이 별을 보고 예수님을 찾아오는 장면이 기억난다.

크리스마스 새벽에는 눈길을 걸어 산속 마을 외따로 떨어진 집까지 집집마다 마당에 서서 새벽송을 불렀다. 기쁘다 구주 오셨네, 고요한 밤 거룩한 밤 어둠에 묻힌 밤, 저 맑고 환한 밤중에…, 노래를 부르던 그 순간 성스러움이 온몸으로 느껴지곤 했다.

결혼 후에는 아이들을 데리고 아내와 함께 교회에 다니기 시작했다. 나는 조합장을 할 때 시내 아파트에 사는 동안에도 변

20년 전 장금교회 성탄절 연극 공연에서 나의 세 자녀와 어린이들

함없이 주일이면 20여 년을 구절재를 넘어 장금교회에서 예배를 드렸다. 요양 병원으로 가신 분의 빈자리나 돌아가신 분의 빈자리가 늘어난다. 다시는 함께 교회에서 만나 뵙지 못할 분들을 위해 기도한다. 세 명까지 줄어들 때도 있었고 다섯 명이 예배를 드리는 날도 있었다.

기도로도 감당하기 힘든 일을 겪을 때 믿음에 의지한다. 고요히 기도를 하다가 나도 모르게 눈물이 나올 때가 있다. 사람은 누구나 잘못을 저지를 수 있다. 기도를 통해 용서하고 용서받는 순간들이 없으면 우리 인간들은 얼마나 오래 고통에 시달리겠는가.

07

외도에서 바뀐 인생

▷▷ 푸른 바다 작은 섬

나는 육군으로 입대하여 상병 달고 하사 교육을 받아 하사로 전역하였다. 거제도에서 군 복무를 하던 나는 누구 앞에서든지 떨지 않고 발표를 잘한 덕분에 (역시 곤봉 덕분인가) 특별한 부대 배치를 받게 되었다. 거제도에서 중대장을 하다가 장승포에서 10여 분 거리 바다 4km 떨어진 섬 외도로 갔다. 해발 100미터가 채 되지 않는 무인도 외로운 섬이었다.

외도는 5만 평 섬으로 거제도 서해말 해안 초소가 있었는데 1984년 육군 관할로 바뀌었다. 방위 8명이 2교대 교대로 돌고 현역은 5명이었다. 외도는 풍광이 수려해서 사단의 고위급 외부 손님 방문이 특히 많았다. 그때마다 브리핑을 해야 했는데 브리핑을 잘하는 내가 배치된 것이다. 브리핑 특화 해안 분대장이었다.

사단장과 그 가족 등 고위 인사들이 외도를 방문할 때면 내가 섬 안내를 했다. 섬의 구석구석에 있는 독특한 자연물들을 사랑바위, 진주해안 등으로 상황에 어울리게 스토리텔링하여 소개하고 안내했기 때문에 사모님들이 특히 좋아했다.

그 당시만 하더라도 외도는 지금 같은 유명 관광지가 아니었다. 내가 배치되기 몇 년 전, 외도는 여섯 가구 주민들이 농사를 짓는 작은 섬이었고 운동장이 집 마당만 한 초등학교에는 학생이 세 명 있었다고 했다. 중학교, 고등학교는 바다 건너 거제도 장승촌으로 다녔다. 그런데 학교가 폐교되자 주민들 모두가 거제도 장승촌으로 이사를 가고 외도는 개인 소유 무인도가 되었다.

새 주인은 북에서 내려온 실향민으로 동대문 평화시장에서 큰돈을 번 포목점 사장이었다. 거제도 앞바다로 바다낚시를 왔다가 풍랑을 피해 가까운 섬으로 배를 댄 곳이 외도였다. 하룻밤 민박은 사람의 운명과 섬의 운명을 바꾸었다. 북에 두고 온 고향이 그리웠던 그분은 고향과 흡사한 섬의 모습을 잊지 못하다가 몇 년 후 섬을 통째로 사서 내려왔던 것이다.

실향민 부부는 처음엔 초가집에 살면서 학교 마당에 돼지를 길렀는데 돼지 파동으로 사료 값이 비싸지고 따라서 수지가 맞지 않았다. 돼지를 포기하고 고구마를 심던 밭에 3천 그루의 귤

나무를 심었다. 그렇지만 태풍이 불면 바람에 맞아 귤이 다 떨어졌다. 방풍림으로 편백나무 8천 그루를 심었으나 추운 날씨로 얼어 죽었다. 배가 닿을 수 있는 선착장은 일곱 차례나 파도에 쓸려갔다. 큰 손해를 본 실향민 부부는 서울 동대문으로 다시 떠나고 섬사람 강수일 씨에게 섬의 관리를 부탁했다.

강수일 씨는 개인 소유가 된 고향 섬을 관리인으로 남아 가꾸었다. 강수일 씨 부부는 딸을 거제도 학교에 보내며 배를 타고 외도로 출퇴근했다.

농장을 포기하고 떠난 주인은 1976년 관광농원으로 허가받아 수목원을 조성하기로 했다. 섬에서 자생하고 있는 애기동백들은 겨울이면 바닷바람에 볼이 발갛게 달아올라 어여쁜 꽃망울을 터트렸다. 난대성 상록수도 우거져 있었다. 방위병들의 도움을 받아 분교를 별장처럼 리모델링했다. 그 집에 화장실을 만들고 차를 마시며 30분 정도를 머물 수 있게 하였다.

관광객들이 이 섬이 누구 것이냐 물으면 강수일 씨의 딸은 망설이지 않고 우리 섬이라고 대답했다. 등기상의 소유자는 동대문에서 옷감 사업을 하는 사장이지만 섬에서 나고 자라서 사랑과 애정으로 섬을 가꾸고 또 섬을 잘 아는 사람이야말로 진정한 섬의 주인이었다. 섬의 소유자는 1년에 두세 번 방문할 뿐 섬에서의 삶을 즐기고 삶의 행복을 느끼는 강수일 씨 부부가 내게는 섬의 진짜 주인으로 보였다. 외도에서 태어나 지금도 여전히 외도에서 살고 있는 강수일 씨. 배를 운전하며 섬을 오가던 그분이 내 인생의 항로를 틀어버릴 귀인이란 걸 물론 그 당시에는 몰랐다.

부부는 일을 마치고 늘 손을 잡고 배를 타고 장승포로 돌아가는데 그 모습이 그렇게 아름답게 보일 수가 없었다. 청춘 하사인 나는 저렇게 손을 잡고 다닐 아가씨와 결혼하겠다는 꿈을 꾸었다. 가끔 우리 부대원들이 배로 큰 나무를 옮기거나 깊은 구덩이를 파야 하는 삽질 같은 힘든 일을 도와주면 용돈을 주었는데 우리 부대원들은 그 돈으로 거제도에서 맛있는 것을 사다가 먹어서 좋았다.

▷▷▷ 간첩은 아니었으나

나는 분대장으로 1년을 근무했다. 기름 발전기 2대가 있었지만 전기를 아끼느라 밤에는 촛불을 켜고 무전기를 들고 근무했다. 구멍가게 하나 없는 무인도 같은 섬에 근무하다보니 부식을 나르는 전용배가 있었다. 부식배가 고깃배에 모자만 흔들면 고기를 두세 마리 배에 던져주었다. 회가 반찬이었다 할 정도로 원 없이 먹었다. 하사 월급에 어머니가 가끔 분대장 품위유지하라고 용돈까지 보내주셨기 때문에 현역, 방위 가리지 않고 생일파

티를 해주는 인기 만점 분대장이었다. 나는 늘 할머니께서 푼돈이지만 용돈을 쥐어주셨기 때문에 부족함을 모르고 자랐다. 친구들과 하드나 뽀빠이 같은 것만 사먹어도 행복한 시절이었고 그래서 욕심이나 결핍이 없었다. 그 시절 나에게 돈은 쓰는 것이었지, 모으는 것은 아니었다.

외도는 비가 자주 내렸고 그래서 물이 풍부했다. 남쪽이라 겨울에도 날씨가 온화했다. 여러 가지 난대식물이 자랐다. 바닷바람에 수선화가 피고 금낭화, 능소화, 나팔꽃, 산수국이 피었다 지곤 했다. 푸르고 맑은 바다 한가운데 거제도와 해금강, 홍도, 대마도까지 훤히 보이는 전망 좋은 섬이었다. 로빈슨 크루소가 난파당한 섬 같기도 하고 지중해나 외국의 어떤 섬에 있다는 파

30여 년 전 외도 해안부대 분대장 시절

라다이스에 와 있는 듯했다.

지금은 1년에 백만 관광객이 찾는 섬, 한국 최고의 관광지로 선정된 섬이지만 내가 군 복무를 하던 당시 외도는 전기도 화장실도 없는 섬이었다. 배를 타고 거제도 본대에 갈 때면 예고 없이 태풍이 몰아치기도 했고, 부식을 싣고 오던 배가 거대한 파도 속으로 들어가면 팔랑거리는 나뭇잎 한 장이나 마찬가지였다. 아무것도 보이지 않는 파도 속을 수영해서 죽을 뻔한 적도 여러 번 있었다.

그런데 이 난데없는 파도가 표창장을 안겨주었다. 밤이면 석유 발전기로 생산한 전기로 서치라이트를 켜고 외도의 구석구석 해안선을 비추며 간첩이 상륙하나 감시하는 것이 해안 초소의 가장 중요한 임무였다. 어느 날 밤 내가 보초를 서고 있는데 멀리 파도 위를 훑는 서치라이트에 무엇인가 흰 물체가 언뜻 보였다. 사람임에 틀림없었다. 간첩인가? 온몸에 신경이 파르르 곤두섰다. 비상이 걸렸다. 곧바로 부대에 보고했다. 간첩이 아니라 윈드서핑을 하다 실종 신고가 된 사람이었다. 해경이 긴급 출동해 무사히 생명을 구했다. 이 일로 나는 사단장 표창을 받았고 제대할 때까지 최고 대우를 받았다.

외도는 학교 운동장이나 구릉지, 그리고 섬의 구석구석에 내가 처음 보는 열대식물이 자생하고 있었고 이 이국적인 풍경을 보여주는 유람선들이 왔지만 30분 이상을 머무르지는 않았다.

입장료가 8천원이었다. 밤에는 섬에 아무도 없었다.

유람선 선장은 섬에서 마주치는 유람객들에게 나를 소개하기도 했는데 별명을 '외도 산신령'이라고 했다. 산신령은 호랑이 대신 '킹'이라는 이름의 큰 개를 거느리고 다닌다고 섬에서는 산신령을 조심하라고 농담을 하곤 했다. 킹은 섬의 소유자가 데려다 놓은 개였는데 킹이라는 이름에 걸맞게 사자같이 긴 갈색과 회색 털을 가진 콜리종이었다. 섬에서 단 한 마리뿐인 개는 친구가 없어 심심했는지 가끔 부식을 주는 나를 좋아라 따라다니니 내 개나 마찬가지였다. 가끔은 기타를 멘 총사령관이라고도 소개하며 연주를 부탁하기도 했다. 외도는 내게 바다를 보며 기타를 치는 낭만을 알게 해준 섬이기도 했다.

남해 외도에서 군 복무시절 '킹'과 함께

⯈⯈⯈ 강수일, 내 인생의 터닝포인트

외도에서 강수일 씨를 보며 보낸 1년의 섬 생활이 나를 나무에 눈뜨게 하였고 이후 내 삶의 항로를 결정지었다.

정상의 운동장 조각, 지금 전망대 초소에 귤나무를 바람으로부터 보호하기 위해 섬을 빙 둘러 심은 향나무가 제멋대로 자라 무성했다. 그런데 어느 날부터 강수일 씨는 영화 〈가위손〉의 조니 뎁처럼 향나무를 하나하나 다른 모양으로 아름답게 가다듬어 갔다. 여인의 모습이나 사슴, 용의 모양으로 향나무 하나하나에 생명력을 불어넣는 그 모습에 감탄했다. 신이 내린 예술가였다.

강수일 씨는 별도로 비싼 나무를 심지 않았다. 섬에서 자라는 나무 그대로를 전지를 해서 섬을 차츰차츰 이국적인 유럽풍으로 바꾸었다. 그 모습이 내게 감탄과 영감을 주었다. 창조가 변화를 가져온다. 장 지오노의 《나무를 심은 사람》에 나오는 엘제아르 부피에처럼 강수일 씨는 나무를 살아 있는 예술로 창조한 아티스트였다.

거제도에서 배로 약 40분 거리, 한려수도의 푸른 바다에 떠 있는 외도를 오늘날 대한민국에서 가장 가보고 싶은 여행지 부동의 1위로 만든 첫 번째 인물은 강수일 씨다. 물도 부족하고 전기와 전화, 오가는 배도 없이 가난한 섬에서 강수일 씨는 태어났다. 8가구 37명 섬의 원주민들은 바다의 금강산이라는 해금강비탈진 밭에 고구마를 심고 바닷가에서 돌에 붙은 미역을 따고 고기를 잡으며 살면서 파도가 세게 치는 날이면 배를 띄우지 못했다고 강수일 씨는 들려주곤 했다. 풍랑주의보가 내리면 섬은 숨을 죽였다.

섬은 작아서 바다에서 보면 한눈에 들어온다. 변변한 건물 하나 없고 오솔길엔 자생한 애기동백이 가로수처럼 자랐다. 초가집을 둘러싸고 있던 울타리도 애기동백이었다. 동백은 초소 앞에도 꽃을 피워 청춘 병사의 심장을 두근거리게 만들었다. 차 한 대도 없고 쇠똥구리처럼 경운기를 몰고 다니며 강수일 씨는 섬을 에덴동산처럼 바꾸었다.

외도는 5만 평 작은 섬이지만 우리 집 뒤쪽만 해도 10만 평 산이 있었다. 정읍에는 정읍을 빙 둘러선 칠보산, 내장산, 두승산, 초산이 있었다. 그 산들과 나무가 얼마나 대단한 밑천인지 나는 생각했다. 산으로 둘러싸인 고향을 절대 떠나지 않으리라. 나는 산이 있는 고향에서 살기로 결심하고 제대했다. 나는 큰 호수가 두 개 있고, 초강과 산으로 둘러싸인 정읍을 아름다운 도심 정원으로 만드는 상상을 외도의 산꼭대기 초소에서 종종 했다. 인생이 그렇게 결정되었다.

DDD **08** DDD

김 하사의 부푼 꿈

우리 집은 늘 집에 머무르는 객들이 서른이 넘었다. 고조부는 난국정을 세웠고 지금도 후손들은 4대에 이르도록 계모임을 한다. 저수지가 만들어지면서 논과 밭이 많이 수몰되었다. 아버지 4살 때, 그리고 고조부께서 돌아가신 후 이듬해 해방이 되었다. 3년 부친상을 치른 증조부도 3년 만에 돌아가시고 아버지는 7살이었다. 할아버지가 계시지 않았기에 재산이 아버지에게 넘어왔으나 일곱 살 아이가 살림을 맡을 수 없어 둘째 작은할아버지가 집으로 들어오셨다.

아버지 10살에 6·25전쟁이 터졌고 재산은 몰수당했다. 하루아침에 재산을 모두 빼앗긴 둘째 작은할아버지는 공산당과 싸우는 치안대가 되었다. 남은 가족은 빨치산에게 목숨을 잃었다. 남은 토지는 동국대 다니는 넷째 작은할아버지의 폐병으로 인해 팔았다. 넷째 작은할아버지는 일제강점기에 서울에 있는 동국대에 다니셨다. 학생회장도 하셨는데 23살에 폐병에 걸렸다.

병으로 장남을 잃었던 증조할아버지는 다시 새파란 아들을 잃을 수 없었다. 좋다는 약은 다 썼다. 서독 영양제 한 통이 쌀 한 가마니 값이었다. 쌀 서 말이면 밭 한 마지기를, 다섯 말이면 논 한 마지기를 사던 시절이었다. 넷째 작은할아버지는 결국 회복되지 못하셨다. 3년 부친상을 치르자 이번에는 동국대 다니는 아들의 죽음으로 충격을 받은 증조부가 얼마 후 돌아가셨다. 아버지 7세 때 일이다.

6·25전쟁 전에 머슴이 여럿 있어서 산기슭의 복숭아 과수원에서 일했다. 상머슴은 일하고 중머슴은 일을 배우고 풀 베고 밥상 날라주며 밥만 먹고 사는 담살이 어린 머슴도 있었다. 복숭아가 익으면 남자들이 보리쌀을 지고 와서 복숭아로 바꿔갔다.

전쟁 중에 가족들이 여럿 죽고 유복자나 다름없는 아들과 아들보다 한 살 아래 시동생의 아들과 함께 살아남은 할머니는 두 아이와 함께 과수원지기 머슴집으로 보내졌다. 너 나 할 것 없이 배곯는 시절이라 머슴집에서 밥을 못 얻어먹는 것은 어쩌면 당연했다. 김일성 동생이 제일 늦게 철수한 곳이 회문산이었다. 비행기로 뿌린 삐라, 빨치산들은 자수하라는 삐라가 종석산과 집 지붕 위까지 떨어졌다.

과부 시어머니와 부잣집 손자라서 농사일을 할 줄 모르는 남편과 오남매가 어머니의 가족이었다. 맨날 꽁보리밥을 먹었다.

머슴 없이 과수원을 할 수가 없다. 모진 세월이 왔다가 가는 동안 할머니는 산에 기대어 살았다. 할머니에게는 아들과 그 산이 세상의 전부였다.

하사로 제대한 나는 외도와 같은 신세계를 만들어 보리라 다짐하며 염소를 산에 풀었다. 임도를 4킬로 만들고 10만 평의 산을 빙 둘러 염소가 도망가지 못하게 펜스를 쳤다. 산에 풀어놓고 염소를 기르는 일이 나무와 가축이 공생하는 임간 축산의 실현이라고 생각했다. 정식으로 산림청에 의견을 내서 산에 있는 잡목과 풀을 이용한 임간축산법을 만들어 몇 년간 실험적으로 적용되었다. 요즘 말로 지속가능하고 공생적인 시스템을 구축할 최선의 아이템이었다.

나무 사이에 무성한 풀과 칡넝쿨만 염소가 먹어도 작은 나무 솎기가 자동으로 이루어져 숲이 쉬이 우거지지 않는다. 그러면 밤나무, 표고버섯, 고사리와 취나물, 두릅 등 영양이 풍부한 임산물을 채취하기가 쉬어진다. 천연 비료라 할 수 있는 염소의 똥은 숲에 거름이 되고 건강한 고기를 얻을 수 있다. 소도 이렇게 키워보면 어떨까 상상하면서 내 꿈은 흰 구름처럼 부풀어갔다.

옥정호는 아는 비밀

가끔 집 마당에서 이동원, 박인수가 부르는 노래 〈향수〉가 라디오에서 흘러나오는 걸 들을 때가 있다. 물속에 잠긴 그 옛날의 풍경이 그랬을 거라고 나는 옥정호를 내려다보며 산과 강 사이 옛 마을을 그려보곤 한다. 가수 이동원이 어느 날 우연히 서점에서 옥천이 고향인 정지용 시인의 시 〈향수〉를 접하고 작곡가 김희갑 선생께 부탁하여 탄생한 곡입니다, 라는 해설까지 듣다보면 정지용 시인이 살던 그곳 옥천노 새파란 옥처럼 맑은 물이 흘렀던 마을이란 걸 알 수 있다. 정지용 시인의 옥천이 내가 사는 옥정이란 동네 이름과 비슷해서 흡사 자매 같다. 그래서 그런지 〈향수〉는 남의 동네 노래 같지 않다.

넓은 벌 동쪽 끝으로 옛이야기 지줄대는
실개천이 휘돌아나가고

얼룩백이 황소가

해설피 금빛 게으른 울음을 우는 곳

그곳이 차마 꿈엔들 잊힐리야 음

뒤이어 나오는 가사는 또 얼마나 아름다운가. 산벚꽃 잎이 바
람에 날리는 봄밤, 바다같이 넓은 옥정호 푸른 물 위에 배를 띄
우고 노를 저어 놀던 내 젊은 날을 노래는 되살려준다.

전설 바다에 춤추는 밤물결같은

검은 귀밑머리 날리는 어린누이와

아무렇지도 않고 예쁠 것도 없는

사철 발벗은 아내가 따가운 햇살을

등에 지고 이삭 줍던 곳

그곳이 차마 꿈엔들 잊힐리야 우~

내게도 옥정호는 차마 잊을 수 없는 곳이다. 아내와 데이트를
하고 프러포즈를 한 곳이 바로 저 호수 한가운데 나룻배에서였
다. 제대 후 나는 외도의 강수일 씨처럼 손을 잡고 걸어 다닐 여
성과 결혼하고 싶었다.

동네 친구가 아내를 소개시켜줬다. 우리 동네인 수침동에 사
는 친구네 집에 놀러온 민숙 씨에게 마음을 빼앗겼다. 허궁실 지

나 석탄사 아래 칠보 태생 아가씨였다. 처음 만났을 때 환하게 웃는 모습이 예뻐 보였다. 산골짜기에는 카페 하나 없었던 시절이었고 동네 사람 누구의 눈에도 띄지 않을 수 없는 악조건 속에서 우리는 옥정호에서 나룻배를 타고 데이트를 했다. 부인과 바다를 건너 출퇴근하던 강수일 씨를 보며 배를 타고 데이트를 하고 싶었던 꿈을 이룬 것이다.

상수도 보호구역으로 고기 잡는 일이 금지되기 이전에 옥정호엔 고깃배가 많았다. 지금도 옥정호의 민물 매운탕은 유명하지만 이제 옥정호의 그 많던 배는 사라졌다. 그 시절엔 민물고기를 잡는 산속 어부가 많았다. 너듸까지 오가는 나룻배도 있었고, 우리 집에도 배가 한 척 있었다. 수침동 아래 호숫가에 배들이 여러 척 물살에 흔들리고 있었다. 나룻배의 노를 어디에 두는지 알고 있었던 나는 친구들이 놀러 오면 타고 싶은 배를 고르라고 하여 밤중에 노를 저어 호수로 나아갔다. 그물에 걸린 물고기도 몇 마리씩 건져서 끓여먹었다. 제대하고 돌아온 이후에는 나는 아예 노를 하나 깎아서 밤이면 혼자서도 나룻배를 타고 나가곤 했다.

데이트 하던 그때, 달빛은 물결에 은빛으로 빛나는데 바다처럼 드넓은 그 호수에는 오직 우리뿐이었다. 취수구 불빛이 환해서 선경 같은 달그림자를 보여주곤 했는데 세상은 더없이 고요하고 밤하늘의 별들은 아름답고 찰싹이는 물결 소리는 카메라가 돌아가지 않더라도 영화 속의 한 장면이었다.

　나룻배에 앉아 노를 젓다보면 누구나 시인이 될 것 같은 풍경, 아름다운 산정 호수에서의 프러포즈만큼 낭만적인 프러포즈가 어디 있겠는가. 그냥 함께 있는 것만으로도 즐겁고 좋은 시절이었다. 우린 그해 가을, 결혼식을 올리고 본가 작은 방 하나에 신혼 살림방을 꾸렸다. 이듬해 첫딸을 낳은 후 둘째아들을 낳고 나서 예전 과수원 자리 산중턱에 집을 지어 분가했다.

　새집에서 태어난 셋째 막내딸까지 1남 2녀를 두었다. 세 아이 모두 살갑고 착실하다. 지금까지 자라오면서 서로 큰 다툼 한번 없이 우애하며 지낸다. 대학교에 진학하면서 10년 가까이 집을

정읍에서 직장을 다니고 있는 세 자녀

떠나서 살던 세 아이 모두 작년부터 돌아와서 같이 생활하게 되었다. 정읍에서 직장생활을 하게 된 까닭이다. 아내는 이제야 다섯 식구가 함께 살게 되어 밥할 맛이 난다며 식탁에 둘러앉은 저녁 식사시간을 기다리며 행복해한다.

　장손인 아들은 할아버지와 정이 깊다. 주말이면 찾아뵙거나 매일 할아버지께 전화를 드린다. 아버지께서는 날마다 손자가 살갑게 전화로 전해드리는 일상의 공유를 더없이 즐거워하시면서 팔순이 넘으신 연세에도 정정하게 소를 키우고 계신다.

2장

꼴등 조합에서
일등 조합으로

산림조합장 18년

▷▷▷ 01 ▷▷▷

꼴등 조합의 새파란 조합장

산으로 빙 둘러싸인 산골마을에서 나고 자라면서 산림에 대해 관심을 둔 것은 어쩌면 자연스러운 일이었다.

20대 초반부터 전국임업후계자 임원으로 활동하면서 임업인들의 권익과 안전, 소득 향상에 관심을 두고 생각하는 시간이 많았다.

해마다 여름이면 전국임업후계자 대회에 참여했다. 그 대회는 유관부서 장·차관이 참석하여 임업인들의 현장 목소리를 듣고 정책에 반영하는 통로가 되는 자리이기도 했다. 나는 농업재해보험은 있는데 임업인들은 재해보험이 없어서 안전에 무방비 상태인 부분을 개선하여 임업인들도 재해보험에 들 수 있도록 정책에 반영하여 줄 것을 건의하였다. 그 결과 임업인이 재해보험에 가입하는 데 일조할 수 있었다.

농사는 1년이면 작든 크든 수입이 생기지만 산에 나무는 한

번 심으면 소득이 발생하기까지 수십 년이 걸린다. 연탄이나 난방유의 공급으로 땔감으로써 기능도 상실한 지 오래다. 목재 산림 소유자는 소득이 거의 없었다. 당시만 해도 고사리, 버섯 재배 등 단기 임산물 생산에 대한 제반시설과 기술력이 미비했던 때여서 나는 산지를 이용해 소득을 향상시킬 수 있는 방안에 대해 수없이 생각했다.

월드컵을 1년 남겨두었던 2001년, 내 인생에서 기억할 만한

청년 김민영

두 번째 결심의 날이 왔다. 군대 복무를 하던 외도에서 나는 평생 산에서 살리라 첫 번째 인생 결심을 했는데 이번에는 정읍산림조합장 선거에 나가기로 결심을 한 것이다. 독자적인 결심이라기보다는 40~50대 젊은 대의원들의 요청에 의한 결심이라고 해야 적절할 것이다. 그때 내 나이 서른여섯이었다. 당시 산림조합은 나의 아버님보다 연배가 위인 분들인 60~70대와 40~50대 젊은 대의원 두 축으로 나뉘어 있었는데, 조합의 변화를 바라는 젊은 대의원들이 주축이 되어 나에게 산림조합장 선거에 나갈 것을 제안한 것이다. 10여 년 동안 산림조합 대의원 활동을 했던 경력이 쇠락해가는 조합을 변화시킬 수 있는 적임자로 보였을 것이다.

시내에 있는 산림조합은 농협과 비교하면 늘 한숨이 나올 지경이었다. 인근에 있는 조합과 흡수합병 시나리오가 흘러나오고 지원들이 월급도 제대로 받지 못할 정도로 조합 사정은 너무 어려웠다. 더구나 정읍산림조합은 있는 자본을 까먹어가는 자본잠식 조합으로 경영 수지가 전국 꼴찌 조합이었다. 재선충에 걸려 소나무들이 누렇게 시들어가는 숲처럼 경영은 마이너스를 벗어나지 못했다.

어쩌다 조합 사무실을 방문하면 남자, 여자가 함께 쓰는 화장실은 더럽고 냄새가 심해 들어가기조차 어려웠다. 내가 다녔던 초등학교 화장실보다도 못했다. 직원 10여 명이 근무를 했는데 여직원은 오빠, 오빠 하며 남직원을 부르고 20여 명의 목소리 큰 조합원들이 사랑방처럼 사무실에 상주하면서 바둑을 두고 화투를 치며 김양아, 이양아 부르며 차 심부름에 담배 심부름까지 시켰다.

어떤 날은 사무실에서 쥐가 나와 여직원이 소리를 지르며 빗자루를 들고 몰아내기도 했다. 그런 사무실에 어떤 조합원들이 자주 가고 싶겠는가. 조합원 지원 정책자금이 나와도 몇몇 사람이 덩어리로 나눠가니 일반 조합원들에게 지원금은 딴 세상 이야기였다. 나는 시들어가는 나무를 되살려 열매와 그늘이 풍부한 나무로 바꾸고 싶었다. 10년 대의원을 하다 보니 조합 부실 경영의 원인이 보였고 해결 방법도 보였다. 조합을 기존의 방식대로 운영하게 놓아둔다면 결국 조합원들이 가장 큰 피해를 보게 될 터였다.

결심을 다잡기까지 나는 모든 경우의 수를 면밀하게 검토하고 오랫동안 심사숙고 하는 스타일이다. 하지만 결심이 서면 저돌적으로 추진한다. 다양한 사람들의 이야기를 주의 깊게 경청하지만 옳다고 생각하면 쉽게 물러서지 않는다. 더구나 내 개인의 영달을 위해서가 아니라 조합원들을 위한 조합으로 혁신하겠다는 결심을 하고 나자 엄청난 에너지가 솟구쳤다. 전체 조합원들을 위해서 커다란 변화가 필요하다. 내가 조합장이 되면 변화시킬 자신이 있었다. 제대로 경영해서 흑자 조합을 만들자. 정책자금 보조금이 골고루 나누어져 목마른 조합원 먼저 목을 축이고 전체 조합원을 푸르게 살리자.

서른여섯 살에 뚝심 있게 산림조합장 선거에 나갔다. 현직에 있는 상대 후보를 무슨 수로 이길 것이냐며 어머니는 출마를 반대하셨다. 나는 패기가 넘치는 나이였으므로 나라를 다시 세우듯 우리 조합을 전국 일등 조합으로 만들겠다는 열정으로 덤볐다. 하나하나 밑그림을 그리며 꼴등 조합을 일등 조합으로 만들기 프로젝트에 심호흡을 깊게 했다. 맹렬한 화력이 나의 내부에서 불타올랐다. 나는 임업인들의 협동조합인 산림조합이지만 정읍이라는 지역의 사랑을 받는 조합을 만들고 싶었다. 10년이 걸릴까, 20년이 걸릴까? 세상 물정 모르는 순진한 몽상이라고 비웃음을 사기도 했다. 너라고 별 수 있을 것 같냐, 100년이 가도 별로 달라지지 않을 것이다, 너도 똑같은 조합장으로 자리나 누릴 것이다 같은 비웃음을.

그러나 나는 새로운 변화가 가능하다고 자신하고 있었다. 직원들의 월급이 밀리지 않게 경영하자. 열정과 보람이 넘치는 직장 분위기를 만들자. 조합원들의 수익을 높이고 자부심을 높이자. 시민들에게 나무도 나누어주고 봉사활동도 하자. 우리 조합원 자녀들에게 장학금을 주자. 그리고 우리 조합을 일등 조합으로 만들어 우수조합상도 받아보자. 가장 큰 것은 기본에 충실한 큰 줄기를 세우고 변화하는 조직문화를 만드는 것이었다.

초선시 산림조합 대의원 이사님들과 함께

　꼴등 조합이 142개 조합과 경쟁해 전국 1등 산림조합에 오르는 꿈은 사실 에베레스트산을 정복하는 것보다 더 힘들지도 모른다. 그러나 서른 중반인 나의 심장은 의심도 두려움도 모른다는 듯 펄펄 뛰었다. 젊은 내가 조합장 선거에 출마를 하자, 전 조합장까지 출마해 세 후보가 경선을 치러야 했다. 40~50대의 지지 속에서 전직, 현직 조합장님과 나 3파전이 된 것이다. "어린 사람이 어디 겁도 없이…", "좀 기다렸다가 나이 들고 그때 해보는 게 어떻겠느냐" 같은 말들이 돌며 그동안 조합에서 기득권을 누려왔던 힘들은 완강하게 반대했다.

　당시 산림조합 선거는 지금처럼 조합원 전체의 직접 선거가 아닌 대의원들의 간접 선거였다. 그러다 보니 새로운 조합장이 진입할 수 있는 장벽이 너무 높았다. 젊은이들은 대의원 되기가 힘들고 따라서 공고하게 유지되어 온 조합장의 벽을 무너뜨리기 어려웠다. 그럼에도 세 명의 후보가 출마한 선거는 후끈 달아올 랐다.

선거 운동기간 나는 단 한 번도 출마를 후회하거나 사퇴를 생각하지 않았다. 시간이 갈수록 자신감과 사명감이 구르는 눈덩이처럼 커졌다. 만나주지 않는 대의원을 만나기 위해 병원은 물론 논두렁, 밭두렁까지 찾아갔다. 대의원을 만나지 못하면 가족들을 붙잡고 나의 열정을 간곡하게 전달했다. 밭고랑 옆에 앉아 내가 왜 조합장이 되려 하는지 전달했다. 마음을 주지 않는 대의원의 어머님을 찾아가 호소하고 병원에 입원한 대의원의 부인을 매일 찾아가 설득했다. 과반수 넘는 표를 얻어야 당선이 된다. 세 명의 후보 가운데 1차에서 과반수를 얻지 못하면 1위와 차점자가 2차에서 겨뤄서 과반수 득표로 당선된다.

결국 전 조합장과 현 조합장을 누르고 조합장에 당선되었다. 선거하는 날, 투표하러 가는 대의원 아들에게 김민영을 찍지 않으면 내 아들 아니라고 어머니가 말씀하셔서 효도하느라 김민영을 찍었노라는 어느 대의원 이야기도 나중에 들었다.

내가 조합장에 당선되자 손톱 밑에 흙 들어가지 않게 살라고 그리도 공부시켰는데 산중턱에 집을 짓고 사는 나 때문에 퍽이나 속이 썩었던 어머니가 엉엉 우셨다. 더 놀라운 일은 아버지께서 그렇게 좋아하시던 술을 딱 끊으신 것이다. 조합장이 된 아들 위신 깎이지 않게 하려고 술을 끊으시고 내가 키우던 소를 그때부터 전담해서 키우시기 시작했다.

호미 자루 한번 쥐지 않고 자라 학원에서 누에 선생, 양재 선생 하다 산골로 시집와 한량 같은 멋쟁이 남편, 농사일 하시는 홀시어머니를 두고만 볼 수 없어 함께 밤낮으로 농사지으시던 어머니는 아버지의 변신에 적잖게 놀랐다. 조합장 당선보다 아버지 술 끊으신 게 더 믿기지 않는 일이라고 하셨다. 그날부터 지금까지 20년 동안 아버지는 술을 입에 대지 않으신다.

손바닥이 벌건 사람을 우대하자

"고생 많이 했네. 당선돼서 고맙고."

조합장에 당선되고 난 후 얼마 지나지 않아 사무실로 찾아오신 어르신은 선거기간 동안 내가 '초이스찻집'에 가면 제대로 일할 젊은이라며 찻집 안의 여러 어르신들께 나를 홍보해주시고 침이 마르게 칭찬하던 분이셨다. 반가워 악수를 하고 마주 앉았다.

어르신은 사진과 함께 신문에 실린 당선 소식과 소신을 피력한 글을 오려서 가져오셨다. 소파에 앉아 함께 신문을 보며 이야기를 나누었다. 이야기가 마무리 되어갈 즈음 어르신이 주머니에서 봉투를 하나 꺼냈다.

"내가 이번에 논을 팔았네. 김 조합장에게 좀 주고 싶어서…."

나는 영문을 몰라 어르신 얼굴만 쳐다보았다.

"조합장 하려면 알게 모르게 돈이 필요할 거네. 반듯하게 조합을 살려보게."

어르신은 내가 돈이 필요해 혹여라도 부정한 청탁이나 거래를 할까 봐 미리 돈을 들고 오신 것이었다. 놀라서 "어르신, 이러시면 안 됩니다." 하고 봉투 받기를 거절했다. 그러나 어르신은 완강하게 거부하셨다.

"정직하게 청렴하게 살아야 하네, 김 조합장. 초심을 잊지 말고."

결국 그 돈은 직원을 불러 그분 출자금 통장에 넣어드렸다. 본인이 아끼는 병풍을 선물해주신 분도 계셨다. 하지만 나는 지금까지 분에 넘치는 선물은 단 한 번도 받지 않았다.

물론 이런 분만 계셨던 것은 아니다. 돈을 빌려달라고 찾아오신 분도 여럿이었다. 형편이 너무 어렵다, 대출을 해주라 같은 말씀을 하시며. 그러나 대출 조건이 맞지 않아 대출이 되지 않는 사례가 많았다. 그러면 당장 발등의 불을 꺼야 한다며 내게 돈을 빌려주라고 매달리셨다. "자네는 조합장이고 형편이 나보다 나으니 빌려주게. 내가 꼭 갚겠네." 나는 지갑을 꺼내 소액이라도 쥐어드리며 배웅했다. 사정이 너무 딱한 분들 이야기를 듣다 보면 차마 그냥은 돌려보낼 수가 없는 경우가 있다.

초라한 사람일수록, 촌에서 온 사람일수록, 자주 올 수 없는 사람일수록 더 친절하게 대해야 한다. 차라도 한 잔 꼭 대접하고 최선을 다해 응대해달라고 기회 될 때마다 사무실 직원들에게 부탁했다.

어느 날, 복분자 따기 지원 봉사활동을 간 적이 있었다. 복분자 재배 면적은 늘었지만 일손이 부족해서 수확하는 데 어려움이 있는 조합원 댁에 직원들이 밭으로 나가 일손을 도왔다. 복분자를 따다가 우리를 맞으시는 어르신의 손톱은 검보라색으로 얼룩져 있었다. 손을 내밀어 악수를 청하는 내게 어르신은 황급하게 손을 옷에 문지르고 악수를 하며 손에 복분자가 묻어서 미안하다며 얼른 손을 뗐다. 나는 더욱 살갑게 두 손을 움켜쥐었지만 두고두고 검붉은 빛으로 물든 그 손바닥이 마음에 남았다.

복분자는 뜨거운 날씨에 수확하고, 가시덩굴이 많아 작은 열매 하나하나를 손으로 따는 일은 몹시 고된 일이어서 사람을 구하기가 쉽지 않다. 고령화가 가속화되고 있는 농촌의 현실은 일손을 구하기가 더욱 어렵다. 그 와중에 복분자를 심고 가꾸고 따느라 고생한 생산자는 가격 폭락이라도 오면 더욱 손해를 봐 허망할 마음을 감출 길이 없다. 길고 넓게 내다보지 못하는 농업 정책의 희생양이 되기도 한다. 그래서 복분자 따던 노인분의 그 검붉은 손에 코끝이 찡해지지 않을 수 없었다.

2012년 휘몰아친 대형 태풍 볼라벤은 정읍을 비롯해서 전국에 엄청난 피해를 안겼다. 시청 앞의 거목이 뿌리 뽑히는 바람에 소나무로 바꿔 심은 해이기도 하다. 복분자밭이 망가지고 가로수가 뽑히고 비닐하우스가 무너지고 나무에 달렸던 과일들이 초토화되었다. 정읍에서만 해도 500억 피해가 집계되었다. 농업 분야처럼 재해보상 기준이 마련되지 않은 전국 200만 산주들 입에서 곡소리가 나왔다. 조경수, 복분자 재배 농가 등 임산물 재배 농가들은 한목소리로 관련 규정의 재정비를 요구하고 나섰다.

정읍 산주들의 피해가 워낙 컸기에 대전 정부청사에서 열린 산림관계관 회의에 내가 산림조합 대표로 참석했다. 지난해 태풍으로 피해를 입은 임산물 재배 농가와 쓰러져 누워버린 아름드리나무를 속이 타서 바라보는 산주와 임업인을 위해 대변했다. 이후 수십억 원의 재난 지원금과 재난 복구 지원금이 배정되어 조합에서 융자지원을 할 수 있게 되었다. 피해를 당한 분들 모두에게 도움이 되도록 최선을 다했다.

세상은 잘 나가는 사람, 능력 있는 사람 위주로 돌아간다. 그렇지만 우리 직원들은 조합원이 초라할수록, 힘겹고 가진 것 없을수록, 그리고 흙 묻은 신이나 얼룩진 손으로 찾아오는 분들일수록 차 한 잔이라도 더 정성껏 대접하고 이야기 잘 들어주고 어려운 점 해결해드리기 위해 노력했다. 꼴등 조합이었던 정읍산림조합이 일등 조합으로 성장할 수 있었던 밑거름은 그런 직원들의 수고와 조합원들의 신뢰가 있었기에 가능했다. 논 판 돈을 쥐어주시며 청렴 정직하게 조합장을 하라던 분들의 애정과 조합을 믿고 출자금을 증액시켜준 분들이 계셨기에 가능했던 것이다.

계약직에 대한 어떤 생각

산림조합도 계약직으로 입사하는 경우가 있다. 나는 계약기간이 지나면 정규직으로 전환을 시키기 위해 최선을 다했다. 그런데 더 오랜 기간 비정규직을 거쳐 정규직이 되었던 기존 직원들이 상대적 박탈감을 언급하며 불만을 표시했다. 형평성에 어긋난 특혜라는 것이다. 억울한 맘이 이해되지 않는 바는 아니었으나 과거의 전례를 따르다 보면 더 나은 변화는 불가능하다. 일을 하는 능력이 충분히 뛰어난데 승진 없이 계약직이라는 과거의 쳇바퀴에 가두어놓는 것이 나은 일인가?

나는 모두가 같은 직원이었기 때문에 업무성과 부분에서만큼은 정규직과 비정규직을 구분하지 않았다. 비정규직도 언제든지 조합장에게 결재를 맡으러 왔다. 그리고 조합장에게 자유롭게 하고 싶은 말을 할 수 있도록 통로를 열어두고 말하는 도중에 중단시키지도 않았다. 좋은 의견도 있고 부족한 의견도 있지만 다 들어준다. 어느 조직이든 대부분 계약직의 아이디어는 상무나 과장의 아이디어로 공이 돌아가기 마련이다. 그래서 계약직도 아이디어를 직접 조합장에게 전달할 수 있게 늘 소통의 통로를 열어두었다.

계약직이든 정규직이든 상하 지위를 구분하지 않고 훌륭한 아이디어를 낸 직원에게 직접 공로상이 가도록 했다. 계약직에게 어떻게 상을 주냐는 상무와 과장의 반발도 있었지만 비정규직이라고 해서 단지 로봇처럼 시키는 일을 받아서 하는 단순 업무만 하는 것은 비효율적이다. 업무 중에 뛰어난 성과를 냈다면 누구든지 똑같이 그 공로를 인정받아야 한다. 안정적인 정규직에 비해 상대적으로 근무환경이 불안정한 비정규직에게도 성과가 있다면 그에 상응하는 대접을 해주어야 한다고 나는 생각했다. 결국 차별 없이 인센티브를 줘서 감사에서 경고를 받기도 했다.

노동의 양극화는 심각한 문제다. 비정규직 근로자의 임금은 정규직 근로자 월평균 임금의 54.6% 수준에 불과하며, 정규직 근로자의 사회보장제도 가입률에 비해 비정규직 근로자는 그 절반 수준이라는 신문 기사를 읽으면 한숨이 나온다. 내 자식이 계약직이어서 똑같은 일을 하고도 정규직에 비해 턱없이 낮은 대우를 받는다고 생각하면 분통이 터지지 않을 수 없다.

퇴직급여, 상여금, 시간외수당, 유급휴가 수혜율 역시 비정규직 근로자는 정규직 근로자의 절반 이하 수준으로 정규직과 비정규직 근로자 간의 차이가 점점 커지고 있는 것이다.

나는 우리 지역구의 윤준병 국회의원이 발의한 '(가칭) 비정규직 우대임금법(패키지4법)'을 적극 지지한다. 윤준병 의원은 "비정규직과 정규직 간의 갈등 구조를 근본적으로 해결하기 위해서 동일 노동이라도 '신분이 보장되지 않는 근로 여건에서의 임금'이 '신분이 보장되는 근로 여건에서의 임금'보다 높게 운영될 수 있는 제도를 도입하고 이를 발전시켜 나가야 한다"며 "바로 지금이 소위 비정규직의 우대임금제를 도입할 적기라고 판단해 발의했다"고 밝혔다. 비정규직 우대임금법(패키지4법)은 국가 및 지방자치단체와 사용자가 비정규직 근로자의 처우를 정규직 근로자의 처우보다 우대하기 위해 필요한 조치를 취하도록 하고, 이를 균등한 처우로 보도록 하는 규정을 담았다. 나는 이 법이 고용 불안의 청년들을 보호하고 그들에게 희망을 줄 거라고 굳게 믿는다.

언젠가 펭귄과 코끼리, 비버의 특징을 찾아 조직을 유형화시킨 글을 읽은 적이 있다.

펭귄은 허약한 놈은 무리에서 내쫓고 코끼리는 약한 놈일수록 더욱 정성껏 보살핀다. 먹이와 환경의 차이다. 코끼리는 사냥할 필요가 없으니 돌봄에 충분한 시간을 쏟아부을 수 있다. 하지만 펭귄은 남극에서 교대로 알을 품고 먹이를 구해야 한다. 추위를 막기 위해 온몸을 맞대고 눈보라와 싸우면서 약한 동료를 돌보기에는 너무나 척박한 환경에 처해 있다. 눈보라 속에 빙 둘러서서 방패처럼 꿈쩍 않고 발등에 알을 올려 2세를 부화시키기에도 벅차다.

비버는 수생형 포유류로, 강에 댐을 만들어 서식하는 것으로 유명한 동물이다. 그런데 비버들은 우두머리가 없다. 누구의 지시에 의해 댐을 완성하지 않는다. 댐을 복구하는 일은 각자의 책임이고 스스로 판단을 내린다. 자신이 내린 결정대로 일하는 비버의 모습은 자신의 목표를 스스로 추구하는 일의 방식을 의미한다.

비버들은 서로를 존중합니다. 자신이 한 일을 누가 와서 망가뜨린다면 제대로 일을 할 수가 없을 거예요. 그리고 한 마리가 좋은 나무를 찾았을 경우, 다른 비버들에게 숨기는 일 따위는 하지 않아요. 일을 완성하기 위해 필요한 최신 정보들은 모두에게 공평하게 제공됩니다. 비밀이 없어야 해요. 스스로 자신의 일을 완성하기 위해서는 조직 전체의 지원이 필요합니다. 자신의 일을 스스로 결정하는 직원들이 있기 위해서는 그들을 한 인간으로 인정해주는 조직이 필요합니다. 이들의 생각, 감정, 욕구, 희망 등을 존중하고 경청하며 실현시켜 줄 수 있는 조직이 필요합니다. _ 켄 블랜차드 외, 《경호!》에서

넷플릭스의 창시자는 '스스로 목표를 추구한다'라고 했다.

우리가 일하는 직장은 코끼리의 숲일 수도 있고 펭귄의 얼음 대륙이, 혹은 비버의 강이 될 수도 있다. 정해진 것이 아니라 만들어갈 수 있는 것이다. 그렇지만 계약직과 정규직으로 직원을 구별하고 차별하는 조직에서는 독창적이면서도 자신의 임무를 끝까지 수행해내는 비버 같은 일의 방식은 불가능할 것이다. 동시에 조직 내에서 서로를 존중하고 공평하게 대우받고 적극적으로 지원받으며 인정받고 자아를 실현하는 이상적인 가치들이 꽃피기도 불가능할 것이다.

너무나 친절한 당신

사실 조합장 자리에 있으면 얼마나 많은 부탁이 오는지 모른다. 특히 규모가 큰 정책자금과 관련해선 더욱 그렇다. 그럴 때마다 나는 담당자에게 직접 말하라고 했다. 나는 업무에 있어서 원칙과 방향성만 제시하고 담당자들이 능동적으로 자기 업무를 자신 있게 하도록 요구했다.

우리는 정부의 정책자금이 최대한 여러 조합원들에게 가도록 최선을 다했다. 1명에게 1억을 줘도 되지만 가능하면 1천만원씩 10명에게 가도록 했다. 그렇게 하다 보니 평균 대출 계좌가 2천에서 3천만원이었다. 이렇게 하자 정책 자금을 상환하지 못하는 부실사고도 발생하지 않았다. 몇 사람에게 몰아줘서 소수가 큰 이익을 보는 것보다 힘든 사람이 절실하게 도움을 받을 수 있도록 만든 것이 정책자금 취지다. 정책자금은 금리가 1~3% 고정금리에 담보 능력이 없어도 된다. 농업신용보증기금에서 보증을 서주기 때문이다. 담보 설정 수수료만으로도 대출이 가능하다. 가정 형편이 어려운 서민들에게 가장 필요한 자금인 것이다.

그러나 그간 대부분의 정책자금은 관행적으로 노른자위 조합원들만 받아가는 특혜성 자금이었다. 그 관행을 없앴다. 자립기반이 충분한 기존 대출자들이 대출을 받으면 기본 서류가 갖춰져 있으니 담당 직원도 일하기가 편하다. 그러나 조합의 역할은 서민들을 위해 존재한다. 나는 상한선을 2천만원으로 제한했고 960명의 소액 대출자들이 그 혜택을 누리도록 했다. 이러다보니 대출 인원 숫자가 늘어 직원들의 일이 많아졌다.

30억을 2천만원씩 쪼개보면 150명 조합원이 단비 같은 자금을 맛보지만 직원에겐 150건의 일이 주어진다. 꼴랑 2천만원 해주면서 왜 이렇게 서류가 많냐고 조합원들이 항의할 정도로 준비해야 할 서류도 많고 절차도 여간 복잡한 것이 아니다. 담당자는 미칠 일이다. 적으면 10건, 많아야 15건으로 끝낼 수 있는 일을 150건이나 해야 하니 일이 열 배 이상 늘어나지 않았는가. 사실 형편이 어려운 조합원은 직원이나 조합장에게 밥이나 술 한번 사주지도 애경사를 챙겨주지도 못한다. 절대 해서는 안 되는 일이지만 권력을 누리는 일들은 그렇게 직원이나 조합장 관리를 해서 더 큰 이익을 취하는 것이다. 그래서 보통 조합원들은 또 혜택에서 소외되고 그래서 더 빈곤하게 되는 악순환이 공고화된다.

한편 기득권을 누리던 이들의 큰소리도 만만치 않았다.

"지금까지 잘 주던 정책자금을 왜 안주는 거여?"

"이렇게 푼돈으로 정책자금 받아서 뭘 허겠냐고. 나는 자금이 많이 필요하단 말이네."

"조합장실이 어디여?"

"내가 조합장헌티 직접 말을 해야 알아묵게 생겼구만."

직원들은 공손하게 응대한다.

"조합장실은 2층입니다. 저쪽으로 올라가시면 됩니다."

그러면 대부분 올라오지 않고 그냥 돌아간다. 원칙이 확실하고 절차가 공정하면 윽박지르거나 청탁하기가 불가능하다. 면세유도 마찬가지다. 세금이 붙지 않아 값이 싼 면세유도 여러 사람에게 혜택이 가도록 원칙을 세웠다. 절대로 누군가에게 사사로이 특혜를 주지 않았다.

우리 모두가 우리의 선생

"과장님요? 아, 오빠 지금 화장실 갔어요. 오면 전화 왔다고 전해드릴께용."

외부에서 걸려온 전화를 직원이 그렇게 받을 때마다 내 등에서 굵은 고드름이 미끄럼을 타는 것 같았다.

만년 꼴지 조합이 최우수 조합으로 선정되자 전화도 많이 오고 외부 방문객들도 많아졌다. 대책이 필요했다. 나는 삼성경제연구원의 강의를 듣고 느끼는 바가 있어서, 삼성에서 하는 친절 교육에 비싼 돈을 들여 직원들을 용인에 있는 에버랜드로 교육을 보냈다. 그러나 직원의 변화는 미약해서 성에 차지 않았다. 주입식 교육만 듣고 온 때문인지 스스로 결심을 하고 자기 혁신을 못하는 것 같았다.

외부 강사 초청 교육도 마찬가지였다. 유명하고 실력 있는 강사를 모셔온 덕분에 강사비가 만만치 않게 들었지만 그때뿐이었다. 강사가 왔다 가면 그만이었다. 자기 변화와 자기 혁신을 가져올 수 있는 방법이 없을까, 고민하지 않을 수 없었다.

회의를 하고 머리를 맞대고 고민한 끝에 내려진 결론은 전 직원이 친절 교육 강사가 되는 것이었다. '최고의 친절한 조합을 만들기 위해서 우리는 어떻게 친절한 직원이 될 것인가?'를 목표로 서로 돌아가면서 강의를 하기로 논의가 마무리 되었다.

직원 모두가 스스로 강사가 되어 주제를 정하고 고민하며 발표 자료를 만들었다. 그리고 전 직원들 앞에서 발표를 하니 직원들의 변화가 눈에 보였다. 자기가 주체가 되어 이야기하는 것은 놀라운 경험이었다. 직원들의 강의 내용은 다양했다. 교육을 받기만 하던 입장에서 교육을 하는 입장으로 바뀌니 질적인 변화가 생겼다. 목표를 실현하기 위해 노력하고 정성을 들이니 자기 자신이 변하지 않을 수 없었다.

고객 친절 서비스는 단지 친절한 태도만을 의미하지 않는다. 고객의 만족도를 높이기 위한 모든 것이 서비스다. 서비스하는 사람의 기본 소양, 마인드, 직장 내에서 자기 관리와 원만한 대인관계 유지를 위한 행동, 호감 가는 표정, 호칭이나 전화 응대, 결재, 복장 및 인사 등 직장 예절 모든 것이 중요하다. 친절 교육은 고객 만족뿐 아니라 자기 만족과 자기 성장이 되는 교육이다.

고객의 위치에서 생각하자. 교육에 투입되는 비용은 비용이 아니라 투자다. 고객의 만족도가 높아야 산림조합에 대한 신뢰도 높아져 매출 상승으로 이어진다. 직원이 행복해야 고객이 행복하고 고객이 행복해야 경영자가 행복하다.

직원들은 전문성과 창의성, 열정을 가지고 강의를 준비했다. 웃음으로 고객을 맞이하는 것은 기본이고 비오는 날 우산 씌워 드리기, 여름에 얼음물 대접하기 같은 아이디어를 강의에서 제안하고 실행했다. 우리와 자신의 성장을 위해 전문기술과 지식을 수집해서 학습하고 공유했다. 실패에 대한 두려움보다 성공에 대한 성취감을 열망하고 기대하자고 했다. 훈련 비용은 직원을 훈련시키는 데 실제로 드는 비용이 아니라 훈련시키지 않았을 때 치러야 할 대가이다. 100번의 의견 중에 한두 개 아이디어만 현실성이 있다 해도 충분히 의미 있는 일이다. 물은 99도에 이르러야 100도가 되고 그 순간 물은 물방울이 아니라 수증기로 질적인 전환을 한다.

나는 직원들의 장점을 최대한 살려주기 위해 노력했다. 직원만이 기적을 가져오기 때문이다. 상명하복 조직문화를 바꾸어야 한다. 학교 졸업장이 없어도 다들 장점이 있다. 내 어머니만큼 지혜롭고 능력 있는 사람이 어디에 또 있겠는가. 상무의 일을 새 직원에게 주기도 했다. 특정 직원과 사적으로 관계를 맺지 않기 위해 나는 퇴직하기까지 직원들을 단 한 번도 집에 초대하지 않았고 집을 찾아오는 직원도 없었다.

직원 중에 친절 강사 우수사원으로 산림청장상을 받은 찬형이가 있었다. 2018년도에 상을 받았는데, 찬형이 어머니가 감동을 크게 받으셨다. 어머니는 찬형이가 산림조합 다니며 사람 됐다고 기뻐하셨다. 예전에는 집에 전화벨이 울리면 가슴이 쿵 내려앉으며 아이고 또 우리 아들이 사고 쳤는가보다 하며 전화기 드는 손이 벌벌 떨리고 여보세요, 하는 목소리가 덜덜 떨렸다고 한다. 그런데 아들이 친절 강사 우수사원으로 상을 받았으니 기쁨이 남달랐던 것이다.

우리는 교육을 받으면서 변화하기도 하지만 교육을 하면서 변화하기도 한다. 변화의 세기를 따져봤을 때, 스스로 교육의 주체가 되면 훨씬 그 정도가 크다는 것을 나는 조합장 시절에 보았다. 즉 우리 모두가 우리의 선생이었다.

공부의 맛

조직에서는 리더의 결정이 중요하다. 과거를 알아야 현재를 보고 미래를 예측할 수 있다. 세계와 대한민국을 볼 수 있어야 정읍을 보고 산림조합을 볼 수 있다. 조직을 변화시키는 핵심이 리더의 교육이고 직원의 교육이라 생각했다. 그래서 삼성경제연구원에 정회원 등록을 했다.

바쁠 때는 차로 이동하면서 듣거나 토요일, 일요일에 몰아서 든더라도 강의를 빼먹는 일은 없었다. 전문가만 가능한 금리조정 해설, 세계 금융과 주식 시장의 흐름까지 다양하고 폭넓은 공부를 할 수 있었다. 정치, 경제, 문화, 철학, 스포츠, 영화, 뮤지컬까지 수준 높은 강의는 내가 우물 안 개구리로 안주하지 않게 자극했다. 외부 강의를 할 때에도 큰 영향을 미쳤고 조합의 일을 결정하는 데도 도움을 주었다.

나는 이런 공부를 혼자만 하는 것이 안타까워 직원들과 공유

할 방법을 찾았다. 하루 4편 올라오는 8분짜리 강의 영상 중 특별히 선택한 한 가지를 전 직원이 아침 조회 전에 같이 보고 조회를 시작했다. 미국의 석학이 강의하는 미술, 음악, 문학 등 인문학에 대한 소양도 쌓았다. 치열하게 공부하면서 우리 직원 모두가 자신이 맡은 일에는 경영자CEO로서 접근하길 바랐다. 그래야 직원들의 질이 향상되어 기러기처럼 리더가 힘들면 다음 기러기가 앞에서 이끌 수도 있고 갑자기 일이 발생했을 때 역할을 분담할 수도 있기 때문이다.

직원들을 삼성 교육기관으로 보냈을 때의 일이다. 그곳에서 조합에 전화해서 친절도를 알아보는 테스트를 해보라 했는데 참여한 직원이 차마 전화를 할 수 없었노라고 교육을 다녀와서 말했다. 전화기 속에서 "여보세요"하는 순간, "어, 오빠, 교육 잘 받아. 조합장님 지금 화장실에 갔어." 이런 대답이 튀어나올까봐 두려웠다는 것이었다.

사무실 바깥에서 보니 비로소 우리 사무실이 객관적으로 보이고 다른 사무실에서는 어떻게 근무하고 고객을 응대하는지 보였다고 했다. 우물 안 개구리가 볼 수 있는 하늘은 우물 크기만큼밖에 되지 않는다. 나는 직원들이 질 높은 교육을 통해 자기도 성장하고 조합도 성장시킬 수 있도록 교육비에서만큼은 투자를 아까워하지 않았다.

나 역시 조합 운영을 제대로 잘하기 위해 다양한 공부 방법을 찾았다. 감사에도 전문가가 되어야 했다. 서울대 경영대학원에 'Advanced Auditor Program(최고감사인과정)'이 있었다. 산림조합을 운영하기 위해서는 청렴하고 투명한 회계 시스템이 구축되어야 한다는 걸 배웠다. 개인의 양심에 기대는 구조가 아니라 나쁜 생각이 통용되지 않는, 통제 가능한 시스템이 중요하다. 정읍역에서 서울까지 기차를 타고 가서 역에서 택시 타고 서울대까지 한 번도 빠지지 않고 공부해서 수료했다. 그곳에서 만났던 굴지의 기업 금융인들, 회사 경영자며 강사들에게 엄청난 자극을 받았다. 최고가 뿜어내는 자부심과 열기가 있었다. 작은 경쟁이나 질투가 아닌 자기 성장의 값진 기회였기에 사비로 들인 1천만원이 아깝지 않았던 값진 시간이었다.

또 발전적인 조합을 운영하기 위해서 학문적 접근도 중요하다고 생각했기에 광주에서 경영학 석사과정을 공부했다. 그때는 중앙회의 '감사, 이사, 대의원 리스크 관리위원' 등을 맡아서 몸이 열 개라도 부족하다는 말이 꼭 내 입장을 두고 하는 말이 아닐까 싶을 정도로 바빴지만 공부 열의를 빼앗진 못했다.

다양한 분야의 책임 있는 일을 맡고 있던 터여서 중앙회 회의 등 출장이 많았다. 시간을 절약하기 위해 고속열차를 주로 이용했는데 중앙회 회의가 있는 날이면 조합에 미리 출근해서 중요한 핵심 업무와 일정을 숙지하고 정읍역으로 향했다. 열차에 몸을 싣고 중앙회에 도착해 오전 10시 회의를 하고 때에 따라서는 오후 회의까지 마치고 광주행 기차를 탔다. 학교 수업 듣고 다시 정읍 조합으로 돌아와 혹시 야근하는 직원이 있으면 그를 격려하고 그날의 업무를 마무리했다. 대부분 이어지는 저녁 모임 후 집에 오기까지 수많은 일정들을 소화하며 시간을 초, 분 단위로 쪼개 불꽃같은 하루하루를 살았다.

공부는 나에게 들소처럼 리더만 바라보는 조직은 위험하다는 것을 일깨워주었다.

들소는 리더에 대한 충성심이 지극해서 리더가 지시하는 대로 움직인다. 리더가 가는 곳을 따라다니며 리더가 보이지 않으면 나타나기를 기다리면서 한곳에서 서성거린다. 서부 개척 시대에 초기 정착민들은 이 사실을 간파하고 앞에서 이끄는 들소만 죽이면 모든 들소 무리는 제자리를 맴돌게 되고 이런 들소 무리를 도살하기는 식은 죽 먹기였다. 회사 조직도 마찬가지다. 리더의 오더에 전적으로 의지하는 조직은 위험이 크고 위기에 취약할 수밖에 없다.

모든 직원이 리더의 역량과 자세를 갖출 수 있게 지원과 교육 기회를 주는 게 중요했다. 조합 수익이 점점 향상되고 공모 사업에서 당선되어 건물을 리모델링할 때 나는 회의실과 화장실을 최고 수준으로 만드는 것을 우선순위에 두었다. 조합장실 소파를 고급 가죽 소파로 바꾸는 것은 염두에 두지 않았다. 산림조합 회의실은 삼성 임원진이 와서 회의를 해도 될 수준으로 바뀌었다. 30명에 이르는 모든 직원이 동시에 회의와 교육을 할 수 있게 편한 의자와 탁자, 음향시설을 갖췄다. 인터넷이 모두 연결되어 동영상 강의도 앉은 자리에서 노트북으로 볼 수 있다. 모두가 중역처럼 모여 회의하고 대기업 임원처럼 수준 높게 프레젠테이션 자료를 제작해서 발표했다.

프레젠테이션ppt 하니 생각나는 에피소드가 있다. 우리 조합이 자랑할 만한 신년맞이 행사(?)가 있는데, 해마다 1월 첫째 주와 둘째 주에 전 직원이 지난해에 한 일을 정리하고 새해 1년 계획을 세워 직원들 앞에서 발표한다. 하루에 2명씩 30분씩 발표한다. 지난 1년의 자기 자신을 돌아보고 직원들의 박수를 받고 인정을 받고 실수를 만회하고 주도적으로 자기 계획을 세운다. 이는 더 이상 누가 시켜서 월급 받으려 하는 타율적이고 수동적이고 맹목적인 일이 아니라 자기를 창조하고 열정을 쏟고 고민할 수 있게 함으로써 스스로 일의 주인, 삶의 주인이 되고자 함이다. 그 시간에 우리 조합의 직원들은 모두가 대표이고 리더이고 조합의 얼굴이다.

프레젠테이션 자료 만드는 기술도 해마다 상승해 영화 시사회 못지않은 화려함을 보여주었다. 음악과 동영상과 효과음은 감탄과 즐거움을 선사했다. 창의성이 발현되는 일은 만드는 사람이나 보는 사람 모두에게 큰 즐거움을 준다. 무슨 일이든 처음부터 능숙하게 숙달되는 법은 없다. 부지런히 배우고 보고 연

새롭게 리모델링한 회의실

습하고 지적을 당하고 경험이 쌓이면서 어느 순간 자연스럽게 전문가의 틀을 갖추게 된다.

특히 이런 일은 나이가 젊을수록 완성도와 창의성이 높았기에 나이 든 상급자들이 젊은 직원들의 도움을 받았다. 그 과정에서 권위나 직급보다는 한 명 한 명 재능을 가진 인격으로 존중하고 의지하는 분위기가 만들어져 조직 환경에도 긍정적인 에너지를 제공한다.

좋은 직장은 직원들을 지시받고 점검받는 기계적이고 수동적인 역할로 가두지 않고 일의 방식, 나아가 삶의 방식을 스스로 창조하게 만든다. 물론 그렇게 하기 위해서는 리더와 상급자가 솔선수범을 보여야 한다. 월드컵 축구 대표팀처럼 우리는 서로를 믿고 자신의 역할을 해내며 직전을 짜고 응원하며 난관을 헤치고 골대를 향해 나아갔다. 불가능한 일들을 멋지게 성공시키고 서로를 신뢰했다.

나는 늘 직원들에게 마음을 의지했다. 직원들이 내게 농담하는 것도 즐거웠다. 직원들을 위해 회식은 2차를 가지 않고 1차에서 끝냈다. 직원들끼리 2차를 가는 것은 자유이니 말릴 일은 아니었으나 의무나 강제는 없었다. 나는 2차까지 합류해 직원들을 불편하게 하는 일은 하지 않았다.

▶▶▶ 07 ◀◀◀
잘 무너진 하우스

"나무 사러 오는 사람은 왜 남자들뿐일까요? 100명 중 90명 이상이 남자예요."

"그러네. 꽃집에 나무 사러 가는 분들은 대부분 여자인데 왜 산림조합 나무시장에는 남자들만 오는 걸까?"

"여성들이 오면 배는 더 팔리고 시장이 훨씬 크게 성장할 텐데…."

잠시 침묵이 이어졌다. 무언가 놀라운 변화가 시작될 것 같은 예감에 다들 눈동자가 반짝거린다. 봄철 나무시장 개장을 위한 회의는 봄이 오기 훨씬 전 겨울부터 시작된다. 준비할 내용이 많은 큰 행사이기 때문이다. 나무 파는 데는 왜 주로 남자들만 오는가? 여성도 어린이도 올 수 있지 않은가? 가족이 와서 도란도란 꽃이며 열매 이야기를 하며 나무를 고르고 아이들이 나무를 구경하고 가져가서 심어놓고 함께 나무 사오던 날의 추억을 되새기면 얼마나 의미 있고 기쁘겠는가. 회의가 활기를 띤다.

'온 가족이 방문하는 나무 하우스'가 나무시장 콘셉트로 모아진다. 직원들의 아이디어도 하나하나 쌓여간다.

"포토존을 설치하면 어떨까요?"

"좋아요. 요즘은 소셜미디어SNS 시대이니 나무시장 홍보도 저절로 될 것 같습니다."

빙고.

"나무시장에서 찍은 가족사진 공모를 하면 어떨까요?"

빙고.

아기와 가족, 할머니와 할아버지도 와서 나무를 구경하는 것 자체가 휴식이 되고 문화가 될 수 있다는 발상이었다. 나무는 그저 돈 벌고 매매하는 물건이 아니라 나무의 본질과 현실을 정확히 꿰뚫어 접목시킨 좋은 발상의 전환이었다. 다들 머릿속에 전구가 켜진 듯한 환한 표정이었다. 각자의 역할을 정하고 새로운 아이디어를 지속적으로 더하기로 했다. 예년과는 분명 다른 나무시장이 열릴 것이라는 기대로 가득 찼다.

그런데 날벼락이 떨어졌다.

정읍에 눈이 엄청 온 다음날이었다. 아침 일찍 출근을 했다.

"조합장님, 큰일 났습니다. 나무시장 하우스가 무너졌습니다."

쌓이는 눈의 무게를 이기지 못하고 하우스가 폭삭 주저앉은 것이었다.

담당 팀장의 얼굴은 침울했다. 눈이 올 것을 미리 대비하지 않았다는 책임감 때문이었다. 하우스는 철근을 박아 뼈대를 만들고 지어야 하는데 산림조합 하우스는 뼈대가 크고 넓은 하우스였으니 피해가 클 수밖에 없었다. 그러나 그 튼튼한 철근을 휘어지게 하고 무너지게 한 것은 폭설이었다. 천재지변이었으니 누구를 탓할 일이 아니었다. 이왕 벌어진 일인데 누구를 탓할 것인가. 책임을 묻는 말은 의미 없었다. 축사가 무너져 수천 마리 닭들이 죽고 하우스 안에서 빨갛게 익어가던 딸기도, 파랗게 나풀거리던 상추도 눈 폭탄에 아작 난 상황이었다.

"아예 이참에 새로 하우스를 제대로 멋지게 지읍시다."

담당 팀장은 여전히 걱정스러운 얼굴이다.

"예산에 없는 돈이 많이 들지 않겠습니까?"

"물론 돈은 들겠지만 새 하우스로 우리 조합이 새롭게 성장할 수 있는 기회가 될 수도 있습니다. 폭설로 무너졌으니 보상비도 일정 정도는 나올 겁니다. 새 하우스에서 나무시장이 열리면 훨씬 멋질 것 같지 않습니까."

총무과 직원은 보도자료를 써서 각 언론사에 보냈다. 시민들에게 나무시장을 널리 알리기 위해서다.

─나무시장에 마련된 하우스에서 봄을 알리는 화훼류와 야생화, 다육, 분재, 관엽식물과 수생식물 등을 저렴하게 판매하고

있어 어린아이의 손을 잡고 온 가족들이 봄나들이를 즐기기에 안성맞춤이다. 또한 도시민이 부담 없이 즐길 수 있는 품목을 선정하여 특별할인 행사도 진행하고 있다.

— 산림조합은 나무시장을 통해 묘목 재배 임업인과 소비자와의 직거래를 알선하고 있다. 따라서 소비자들은 나무시장의 묘목들을 시중 가격보다 더 저렴하게 살 수 있고, 묘목 재배 임업자들은 제값을 주고 팔 수 있다.

— 정읍산림조합 청사 옆에 조성된 나무시장에는 감나무와 석류, 대추나무, 모과, 밤나무, 배, 복숭아, 은행나무, 오디, 오가피, 느티나무 등 70여 가지의 다양한 묘목들이 있다. 묘목뿐 아니라 산림용 고형복합비료와 부숙퇴비 등도 나무시장에서 구입할 수 있다.

— 나무를 심기 위해 구입하는 묘목은 잔뿌리가 많고 가지가 사방으로 고루 뻗어 있으며 눈이 큰 것이 좋다. 병충의 피해가 없고 묘목에 상처가 없는 것을 선택해야 한다. 나무를 심을 때 유의점은 접목 부위가 땅에 묻히면 안 된다. 그리고 접목 부위 비닐을 제거하고 접목 부위보다 땅을 얕게 판 뒤 나무를 심는다. 흙을 3분의 2 정도 넣은 뒤 물을 붓는다. 10분 정도 후에 물이 빠지면 묘목 위로 흙을 두둑하게 덮어주어야 좋다.

— 정읍산림조합은 이달 중에 '나무 나눠주기 행사'를 실시, 유실수 3천 그루를 식목일 행사장에서 무상으로 보급하고, 5~6월

경에는 기계톱과 전지가위 등 임업용 기자재를 판매하는 매장
도 개장할 계획이다.

ㅡ이곳 나무시장에서는 나무 심기에 적기인 봄철을 맞아 품질
좋은 나무들을 저렴하게 공급하고 묘목 재배 임업인과 소비자와
의 직거래를 통해 농가의 소득 향상에 기여하고 있다. 또한 묘목
고르는 방법과 심는 방법, 관리하는 방법 등도 지도하고 있다.

ㅡ각 가정에서 한 그루의 나무라도 심기를 바라는 마음으로 소
정의 상품을 지급하는 나무시장과 관련된 'SNS 이벤트'를 실
시하고 있음을 밝히며 정읍산림조합 홈페이지를 통해 공지하고
있다.

ㅡ산림조합 나무시장은 오전 8시에 개장해 오후 6시까지 운영
된다.

새옹지마라는 말처럼 화가 복이 되는 경우가 종종 발생한다.
새로 지어진 하우스와 함께 가족 방문 콘셉트의 그해 봄 나무시
장은 대성공을 거두었다. 정읍에 나무시장이 널리 알려지게 되었
고 나무시장에 점점 더 많은 사람이 몰려왔다. 나무시장이 끝난
이후에도 새 하우스는 사시사철 언제든지 와서 조합원들이 나무
를 내다 팔 수 있는 상설 전시관이 되었다. 도심의 시민들에게는
식물원 같은 역할을 해서 유모차를 끌고 온 엄마들이 아이들과
함께 꽃과 나무를 보는 풍경은 더없이 만족스럽고 아름다웠다.

임산물유통센터 유리온실

나무시장 하우스는 그 이후 2018년 '희망정원' 유리온실로 거듭났다.

무너진 하우스에서 유리온실의 상상력과 식물원 카페가 만들어졌으니 그 겨울의 폭설은 하우스를 무너뜨리고 끝난 것이 아니라 새로운 도약과 점핑 발상의 대전환을 불러온 나비효과의 시작이었던 셈이다. 날마다 전국의 산림조합원은 물론 농협의

임직원들까지 관광버스를 타고 정읍산림조합에 찾아오는 진풍경이 벌어졌다. 포항의 산림조합에서 유리온실을 지을 때 정읍 유리온실을 벤치마킹해서 지었다고 하니 노령산맥 눈보라의 파급 효과는 결코 적지 않았던 셈이다.

새롭게 마련된 '희망정원'의 유리온실에서는 생산자가 직접 가격을 정하고 저렴하게 판매한다. 어린아이의 손을 잡고 온 가족들이 나들이를 즐기기에 안성맞춤으로, 카페에서 음료도 마시고 빵도 먹을 수 있다. '숲에on(온)마트'에서는 산림용·조경용 고형 복합비료, 부엽토, 생생토, 발근촉진제 및 묘목 관리에 필요한 각종 자재 및 농약류와 비료 등을 판매하고 있어 묘목 구입에서 식재, 관리에 이르는 재료를 모두 구입함으로써 나무시장에 방문하면 원스톱 친환경 서비스를 받을 수 있다.

난데없이 파도가 닥치지 않는 조직은 없다. 파도 앞에서 조직의 진가가 발휘되기도 한다. 더 단단하게 성장하기도 하고 깊은 상처와 갈등에 직면하기도 한다. 우리는 서로를 믿고 창조적 발상으로 위기를 극복하고 성장의 계기로 삼을 수 있었다. 조합원 및 시민의 사랑이 있는 조합으로 계속 성장 발전하고 시민들이 베풀어주신 관심과 사랑만큼 지역사회에 환원하는 목표에 오히려 더 가까워지는 그해 겨울 눈보라를 경험했다. 세찬 눈보라에 무너진 하우스에서 새로운 세계를 이끌어낸 그들이 때때로 그립다.

▷▷▷ 08 ▷▷▷

고마운 사람들

도력이 높은 스님이 있다고 해서 큰 절이 되는 것은 아니다. 큰 절에는 절의 살림을 야무지게 해내는 살림 스님이 있어야 한다. 정읍산림조합은 전국 조합에서 살림 잘하는 조합으로 소문이 났다. 우리 조합 살림의 안주인은 한둘이 아니라 여럿이었다 해도 과언이 아니다. 전체 20명에 불과했던 직원들 한 사람 한 사람이 내 일처럼 업무를 해내지 않았다면 빛나는 성과의 순간은 적잖이 줄었을 것이다.

유통센터와 유리온실을 지을 때 각자의 자리에서 직원들은 최고의 업무 집중력으로 온 힘을 다했다. 그리 많지 않은 직원이 큰 사업을 하는 과정에서 수많은 어려움을 이겨내고 훌륭하게 자기 일을 해냈다. 영국은 정원의 기자재 시장이 8조원이다. 선진국일수록 화초 시장이 중요하다. 우리나라도 화초 시장을 키워야 한다. 꽃을 좋아하는 사람은 심성이 곱다. 그런 이야기를 나누며 공을 들였던 사업들이다. 직원들은 각자 위치에서 맡은 업무를 자신이 경영자인 양 해냈다. 시키는 일만 하는 것이 아니라 아이디어를 내고 효과적인 실행 방법을 찾고 최선을 다해 완성한다.

산림조합이 시민들을 위해 했던 사업 중 하나가 나무에 이름표 달아주기였다. 등산을 하거나 공원의 산책에서 사람들을 만날 때가 있다. 그런데 사람들은 종종 내게 나무 이름을 묻곤 했다. 내가 아무리 산림조합장이라고 해도 온 산의 나무 이름을 어떻게 다 알겠는가. 물어보는 나무는 누구나 쉽게 아는 흔한 나무가 아니라 나도 잘 모르는 나무이기 일쑤이니 그 곤혹스러움은 상당했다. 참나무만 해도 식구 이름이 6개다. 상수리나무, 신갈나무, 떡갈나무, 갈참나무, 졸참나무, 굴참나무는 서로 구별하기가 쉽지 않다. 거기에다 종가시나무 열매도 참나무 열매인 도토리와 비슷하다.

어린아이들이 각기 모양이 다른 도토리를 작은 손에 주워들고 이름을 물어보면 머릿속이 하얗게 된다. 특히 아이들에게, "이분은 산림조합장이셔. 잘 아실거야. 조합장님, 우리 아이가 이 도토리가 떨어진 나무 이름을 물어보는데 제가 알 수가 없어서요. 조합장님이 좀 가르쳐주세요." 하고 나오면 앞이 캄캄할 때가 한두 번이 아니었다. 조합장의 위신이 그처럼 강력하게 흔들리는 위기가 또 있겠는가.

도토리 모양이 다르니 나무 이름도 다르다. 그런데 어느 나무 집안의 자녀들인지 도토리만 보고 내가 다 알 수는 없다. 산림 조합장 자격 조건에 나무 이름 알아맞히기 시험은 없다. 다람쥐 눈에야 다 도토리일 텐데 사람은 각자 나무 이름을 붙여놓고 묻고 대답하는 것이 원망스러운 순간이다. 그런데 아이들은 호기심이 많고 모양이 서로 다르니 궁금하여 물어보는 것이다. 엄마나 아빠도 식물학자나 생태 가이드가 아닌 한 나처럼 곤란을 겪고 아이들의 호기심을 충족시켜줄 수 없으니 나를 구원투수처럼 바라보는 것이다. 나는 귓불이 붉어지는 걸 느꼈다.

"이건 상수리나무 열매구나. 도토리 중에 가장 통통하게 살이 찐 녀석이라 옛날에 임금님께 바쳐서 상수리라고 했단다. 임금님표 도토리지. 봐라, 모자도 크지?" 여기까지 말하고 "도토리가 가장 작은 녀석은 졸참나무, 졸병 도토리라고 그러니 크기도 작고 모자도 작단다."라고 이야기하고는 바쁘다는 핑계로 그 자리를 얼른 떠서 위기를 모면한 적도 있었다. 산길에서 아이들을 만나면 바쁜 것처럼 발걸음을 빨리 하는 것도 한 방법이다.

내가 회의시간에 이런 고민을 이야기하자 어느 직원이 "나무에 이름표를 달아주면 어떨까요?"라고 제안했다. 직원들 모두 적극 찬성했다. 지역 사회 봉사활동 아이템으로 결정되었다. 그리하여 시민들이 자주 등산하고 산책하는 동네 산의 나무들은 떡하니 이름표를 달게 되었다. 시청 뒷산인 성황산, 호남고 뒷산인 초산, 내장산 생태공원, 정읍사 공원 나무들은 보란 듯이 생강나무, 산수유나무, 너도밤나무, 편백나무, 떡갈나무 같은 이름표를 달았다.

국수나무 이름표 앞에서 왜 국수나무냐고 물어볼 수 있으니 중요한 설명도 이름과 함께 적어두었다. 국수나무는 있는데 라면나무는 없냐고 물어보는 똘똘한 녀석이나 스파게티나무는 왜 없냐고 물어보는 호기심 많은 아이들이 많아졌으면 좋겠다고 생각한다. 나무가 이름표를 달고 있으니 나의 발걸음도 가볍게 되었다.

아이들이나 어른 누구든지 나무 이름을 보고 고개를 끄덕일 것이라고 생각하면 흐뭇했다. "이름을 불러주었을 때만 내게 다가와 꽃이 된다"고 했던 국어 교과서 속의 김춘수 시인의 시도 떠올랐다. 그 시는 꽃뿐만 아니라 나무들에게도 해당되는 말이다.

길을 가다 이름표 붙은 나무를 보면 그때가 생각난다. 그렇게 능력 있고 겸손하고 성실한 직원들과 함께 일했던 것은 분명 나에게 크나큰 축복이었다.

▷▷▷ 09 ▷▷▷

몽골 천막과 예초기 그리고 아이스크림

요즘 세상에서 집에 세탁기가 없으면 빨래하기가 힘들 듯이 기계톱과 예초기는 산림조합원들에게 가장 든든한 일꾼이다. 그런데 나무와 풀을 베다보면 칼날이 자주 상한다. 서비스센터는 멀고 수리비용도 부담스럽다. 그래서 산림조합에서는 1년에 두 번 기계 고쳐주기 행사를 열었다. 2월에는 겨울 벌목과 땔감 마련에 고생했던 기계톱을, 추석을 앞두고는 벌초에 꼭 필요한 예초기를 무료로 점검해주는 것이다. 나중에는 기계톱과 예초기 모두 동시에 점검해주었다.

이 사업은 전체 조합원들이 조합원으로서 당연히 받을 수 있는 서비스였다. 조합에서 운영 중인 '숲에on마트'가 담당했으며 이곳은 임업 기자재를 취급하고 있다. 서비스는 점차 확대되어 매년 추석 전, 조합원뿐만 아니라 성묘를 앞둔 성묘객들에게도 시행했으며 기계톱 및 예취기 등 '임업용 기계 무료 A/S행사'로

예초기 등 임업 기계 무상 수리 행사

발전했다. 추석을 앞두고 예초기 점검 사업이 시작되면 8월 한여름 땡볕에 사람들이 예초기를 들고 몰려와 '숲에on마트' 주변은 장터처럼 북적였다.

우리는 해마다 예초기 수리사업을 위해 기획회의를 했다. 해가 갈수록 다양한 아이디어가 쌓였다. 고객들이 예초기를 땅바닥에 내려놓고 뜨거운 햇볕에서 줄서서 기다리지 않도록 번호 순서대로 예초기만 줄을 세웠다. 기계가 고쳐지는 동안 그늘에서 편히 쉴 수 있게 임대료를 주더라도 대형 몽골텐트를 몇 동 설치하기도 했다.

예초기 무료 수리 서비스는 추석 벌초 한 달 전에 실시했다. 대기업의 농기계 수리 서비스센터도 가장 바쁜 철이다. 기계톱과 예초기 본사의 수리 기사를 불러오니 업체로선 불만이다. 사실, 고장 난 김에 새로 예초기를 사게 되고 그래서 벌초를 앞둔 8월이 1년 중 판매가 가장 좋은 시기이다. 그런데 수리 기사를 불러 무료로 고쳐주니 조합에 무슨 타산이 있겠나, 매장에서 예초기 하나라도 더 팔아야 조합에 이익이 될 터인데 조합의 돈으로 오히려 무상 수리를 해주니 장사의 기본을 모르는 일 아닌가, 고장 난 것을 공짜로 고쳐주면 새 기계를 팔 수 없다며 무상 수리 행사를 취소하라고 몇몇 사람들이 설득한다.

그러나 나는 배짱 좋게 맞섰다. 조합은 조합원을 위해 존재한다. 솔직히 말하자. 새 걸 팔면 가장 이익을 보는 곳은 조합이 아니고 생산회사이지 않겠는가. 조합 매장에서 기계를 파는 것은 조합이 돈을 벌기 위해서가 아니라 조합원의 편의와 이익을 위해서다. 조합원이 고쳐서 쓸 수 있다면 비싼 돈 주고 새로 사지 않아도 되니 고스란히 조합원에게 이익이다.

기사가 오지 않으면 다른 경쟁업체로 주문이 들어갈 수 있으니 거래 업체는 서비스 기사를 보내지 않을 수 없다. 6월부터 조합원들이 전화로 물으신다. "예초기 수리사업 언제혀?" 무상 수리 날에는 아침 8시에 오픈하기 위해 7시에 출근하는데, 조합원들은 6시부터 오셔서 줄을 서고 기다리신다. 바쁘신 분은 예초기에 이름만 써서 맡겨놓으면 하나에서 열까지 꼼꼼하게 다 수리하고 기름칠까지 해서 드린다.

우리는 해마다 여름이면 잔치를 여는 것처럼 무상 수리 행사를 준비했다. 뜨거운 날이니 얼음물을 준비하고 간식으로 아이스크림과 떡도 제공한다. 1박 2일 서비스 기간에 평균 300대에서 500대의 예초기를 수리하는데 시내 나오실 때 조합원들은 대부분 마을분들과 같이 나오신다. 친구 따라 강남 가고 지게 지고 장에 간다고 하는 말이 괜히 나온 게 아니다. 예초기 수리하러 동네 사람 차가 나오는 김에 일 보러 함께 나오신다. 그리고 또 그 차 타고 집에 가야 하니 꼭 예초기를 고치지 않아도 두세 명이 함께 오는 경우가 많다.

우리 인심이 어디 조합원만 입이고 예초기 고치러 온 사람만 고객인가. 뜨거운 여름에 시원한 얼음물 한 병, 달달한 아이스크림 하나, 출출한 배를 달래줄 떡을 누구에게나 인심 쓸 만큼 우리 조합이 성장해오지 않았는가. 그래서 아이스크림도 얼음물도 세 배로 1,500개를 준비했다.

하나에서 열까지 톱니바퀴처럼 질서정연하게 진행할 만반의 준비를 갖춘다. 수리사업이 시작되는 아침은 마치 영화 시사회처럼 흥분되고 폭죽이 터지는 축제 전야제처럼 설렜다. 그러나 이건 내 생각이고 담당 직원들은 나와 생각이 아주 달랐다. 사업이 마무리되고 난 뒤풀이 자리에서 담당 직원들은 내 말투까지 그대로 흉내내며 브리핑을 하는데 정리하면 이렇다.

입사하자마자 AS사업에 배치되었다. 첫 해에는 유료였고 200명쯤 왔다. 수리비를 20프로 이상 받으면 폭리니 10프로만 받으라고 했다. 나머지 수리비는 조합이 비용을 부담한다. 예초기 보험을 넣은 것도 아닌데 의료보험보다 고객 부담률이 더 낮다. 그렇기 때문에 예산을 투자한 사업인데도 수익률은 굉장히 낮은 사업이다. 하지만 해가 갈수록 인기는 솟구쳐 할 일이 폭증한다.

날은 덥고, 사람은 많고, 돈은 안 남고, 여름이 오면 나는 저절로 웃고 싶지도 않고 부쩍 과묵한 표정이 된다. 일을 벌이기 싫어 내 입으로 절대 말을 꺼내지 않고 조용히 침묵하며 제발 그 사업이 중지되기를 기도한다. 그러다 어느 날 아침 조합장은 여지없이 말한다.

"예초기 사업 헐 때 됐다, 잉. 준비하자, 잉."

"조합장님, 돈두 안 남고 날은 덥고…."

중얼중얼 저항을 해본다. 하지만 씨알도 먹히지 않는다.

"뭔 소리냐 잉, 고객이 우선인디 잉, 다들 진즉부터 기다리싱게, 후딱 준비해라 잉. 비 오고 햇볕 뜨거울 때 어디서 쉬신다냐 잉. 널찍허니 천막 치고 아이스크림 쟁여놓고 얼음물 주문하고 떡도 어르신들 좋아하는 걸로, 돈 모자라면 나헌터 말허고 잉."

하나에 7만원 하는 큰 몽골 천막을 4개 치고 나면 이틀에 56만원이 천막 값으로 슉 나가고 만다. 조합장이 떡보라서 조합원들은 기계 고치러 와서도 떡을 먹으니 사람들은 떡보 조합장 덕을 단단히 본다. 어쨌든 올 수리사업은 끝이 났고 내년 여름은 오지 않았으면 좋겠다.

그렇게 말은 하지만 대업을 이룬 뒤의 뿌듯한 성취감으로 목소리에는 넘치는 흥을 주체할 수 없다. 어찌 되었든 무상 수리 사업이 끝나면 신입 조합원들의 숫자가 늘고 출자금도 확 올라간다. 세상에 공짜는 없다. 조합원을 늘리고 출자금을 늘리는 일에 직원을 쓰고 예산을 세워 한다면 2천만원만 들겠는가. 비록 1박 2일에 비용이 들지만 참여하는 조합원 숫자와 신입 조합원, 신규 출자금을 생각하면 그건 분명 낭비가 아니다. 무엇보다 비조합원들에게까지도 산림조합의 이미지가 긍정적으로 향상되는 점은 돈으로 계산할 수 없는 효과다. 물론 임업기계 수리사업이 성공적으로 잘 마무리할 수 있었던 것은 잘 웃고 싹싹한 AS팀장이 밑거름을 열심히 뿌려주었기 때문이다.

어느덧 우리 정읍산림조합은 금융에서도 수신예금 12위를 차지하는 알토란 조합으로 우뚝 섰다. 1995년부터 산림조합도 농협이나 수협처럼 정책자금을 취급하면서 금융사업을 시작했지만 정책자금을 타가는 데만 관심이 있을 뿐 투자를 하거나 예금은 안전한 은행에 맡겼다. 하지만 경영에 대한 신뢰도가 높아지니 조합원들이 믿고 예금을 맡겨 수신고가 열 배 이상 성장하여

1천억이 넘어갔다. 조합은 감동을 통해 저절로 성장한다.

나는 직원들의 장점을 최대한 살려주기 위해 노력했다. 모두가 힘을 합해야 기적을 가져오기 때문이다. 낡은 조직문화를 바꾸어야 한다.

산림조합장이 세상의 나무 이름을 다 알 수 없듯이 일도 마찬가지다. 일은 담당부서 직원이 가장 잘 안다. 리더는 담당 직원이 가장 일을 잘 할 수 있도록 도와주어야 한다. 조직에 도움이 되고 꼭 필요한 일이라면 담당자가 자신 있게 추진할 수 있도록 배경을 만들어주고 열정과 가치에 공감하며 응원하고 독려해주어야 한다. 그 과정에서 실수나 손실이 발행할 수 있다고 예상하고 그런 일이 발생했을 때도 질책을 하기보다는 책임을 대신 져주어서 직원을 보호하고 업무가 잘 마무리 될 수 있게 든든한 뒷배가 되어주는 것이 리더의 역할이라고 나는 믿고 있다.

▷▷▷ 10 ▷▷▷
죄송하지만 술은 없습니다

지나고 나면 기억에 남는 일은 많지만 추억이 되는 일은 그리
많지 않다. 추억은 딸기잼 같다. 싱싱함이 사라져도 달콤하게 절
여진 향기는 두고두고 딸기밭에서 보낸 하루를 저장하고 있다.
내게는 경북 청송의 주왕산이 그렇다.

경북 청송에 임업인 종합 연수원이 있다. 우리 조합에서는 일
곱 차례 교육을 갔다. 전국 조합 중에 제일 많이 갔다. 원칙은
술 없는 연수. 술 먹지 않는 사람 소외되지 않으며 특히 술 먹고
교육이 흐지부지 되지 않게 하기 위해서다. 조합원들과 함께 첫
연수를 가보니 술 한 잔 먹고 놀고 오는 거라고 생각해서 연수
기간 내내 술이 끊이지 않았다. 훌륭한 강사님들의 강의는 듣는
시늉만 할 뿐, 조합원들은 술자리에서만 흥을 내니 무언가 잘못
되었다는 생각이 들었다. 그러나 너무나 익숙하고 관습으로 굳
어진 지 오래인 것 같아 그 자리에서 당장 무어라 말을 하지 못

했다.

다음해 두 번째 교육을 앞두고 직원들과 회의를 하며 술 없는 연수를 제안했다. 다들 어안이 벙벙한 눈으로 나를 바라보았다. 연수 기간 중 직원의 역할은 술시중, 술심부름이 주 업무라고 할 정도였다. 술 먹고 취하면 자고 깨면 먹고 이런 도돌이표 같은 연수가 굳이 필요한지 물었다. 그러나 농협이나 농민회, 작목반에서 하는 대부분의 연수가 이와 비슷했다. 그러니 술이 없으면 무엇을 할 것인가, 아니 술을 주지 않으면 연수원 교육에 갈 사람이 과연 있을까 하는 의문까지 제기되었다.

나는 강하게 문제를 지적했다. 그렇다 보니 으레 술 좋아하는 사람들만 교육에 참가하는 것이 아닌가. 그것도 남자들만. 그렇다면 술을 즐겨하지 않는 조합원들은 애초부터 교육에서 배제되는 것이 아닌가. 임업인들의 교육 취지를 살리는 새로운 시도를 해보자고 주장했다. 술은 쉽게 취하게 하고 생각할 힘을 빼앗는다. 새로운 곳에 다녀온 감흥을 약화시킨다. 연수기간만이라도 술을 먹지 말자. 그리고 우리는 교육을 받으러 가는 것이니 2박 3일 동안 버스 안에서도 술을 금지해야 한다.

술 없이 조합원들을 만족시키는 프로그램 만들기에 도전했다.

먼저 술이 없다는 걸 미리 알리자. 맛있는 간식을 최대한 많이 준비하자. 그동안 소외되었던 여성 조합원들이 적극적으로 교육에 참가하도록 하자. 교육받으러 왔으니 교육으로 감동을 주자.

조합원들이 흥미를 느낄 강의 주제를 찾자. 다들 역할을 정해 프로그램을 짜기 시작했다.

7월에 교육 일정이 잡혔다. 프로그램 못지않게 조합원들의 기분을 상승시켜줄 아이템도 필요했다. 땡볕 무더위가 관건이었다. 차 안에서야 에어컨을 켜고 있을 수 있지만 차 밖에서 지내는 시간도 적지 않다. 목과 팔을 시원하게 해줄 쿨 목토시와 팔토시라면 최고의 배려 아이템이 아닐까. 연수가 끝나고 집에 가서 일할 때도 두고두고 요긴하게 쓰일 것이다.

또한 뜨거운 햇볕을 가려줄 밀짚모자도 준비하기로 했다. 70~80개가 필요했는데, 출발 전날 정읍 시내를 다 뒤져도 그 많은 양의 여성용 밀짚모자를 구할 수가 없어 비상이 걸렸다. 인터넷으로 검색하고 사방으로 연락해서 담양에서 구할 수 있다는 정보를 입수했다. 부랴부랴 담양으로 출발했다. 국산 밀짚으로 만든 짱짱한 담양 밀짚모자는 디자인도 좋아서 인기 만점이었다. 연수를 다녀온 후에도 여름 내내 쓰고 다니면 주위사람들로부터 어디서 샀냐는 부러움까지 받아서 담양에 다녀온 직원들을 으쓱하게 만들었다.

그 반면에 젓가락, 숟가락 세트가 너무 조악했다. 국산으로 좋은 걸로 하자고, 나무젓가락을 사더라도 제일 좋은 걸로 하자고 했다. 작은 것을 주더라도 마음이 담기게, 볼펜 예산이 2천 원 이하면 그 가격대에서 제일 좋은 걸로, 만원을 쓰더라도 사랑과 친절을 담아서 감동을 주자고 제안했다.

아이스크림은 녹아서 흘러내리지 않게 꽁꽁 얼렸다. 아이스박스 두 개에 꽁꽁 얼린 아이스크림을 테이프로 밀봉하는 직원의 얼굴이 신났다. 가다가 휴게실에서 사먹는 것보다 예산이 훨씬 절감되고 우리 조합 마트의 판매량도 늘었으니 1석 2조라는 주장이 실현된 것이다. 감동을 주자잉, 즐겁게 하자잉, 이문도 남겨라잉 등등 내가 있든 없든 내가 입에 달고 사는 말들을 잉잉거리며 흉내내는 직원도 있었다.

차 안에서는 술 대신 맛있는 간식을 대접하고 영화를 보기로 했다. 가는 길엔 〈관상〉, 오는 길엔 〈서편제〉로 정했다. 간식은 커피를 비롯한 다양한 음료와 싱싱한 과일, 초콜릿을 비롯한 과자 등 조합 마트에서 상자 가득 2박 3일 날짜별로 준비했다. 그런데 첫날 준비한 간식이 모두 동나고 말았다. 가서 또 사오면 되지, 먹는 것 애끼지 마라잉!

관광버스에 타지 않고 미리 출발한 선발대는 점심시간 30분 전에 도착해서 식사 예약을 진행했다. 시골에서 오신 분들이 다리 아프게 서서 길바닥에 시간 버리지 않게 하는 것이 대접이다. 선발대는 직접 현지 시내 밥집을 돌아다니며 맛집을 찾았다. 가급적이면 최고의 맛집에서 식사를 해야 한다. 최고의 밥집은 밥값이 제일 비싼 집을 의미하지 않는다. 주인의 정성과 맛이 인정받는 집이다. 최고의 맛집을 찾아 식사 전에 담당 직원이 조합원들에게 식사 소개를 한다. 밥상 분위기는 화기애애하고 이야기 꽃이 핀다.

"이것이 그리 맛나다는 주왕산 더덕인디 어째 향내는 우리 산 내 것만보다 쪼까 못하는 것 같네, 앙긍가?" 혹은 "오매, 이런 푸성귀에 뭘 넣었기에 이리 맛나요?" 하며 레시피 전수받는 목소리도 들린다. "어째 내가 하면 요 모양이 안날까 몰라 잉" 하는 때깔에 대한 감탄까지, 보고 맡고 맛보고 하면서 경상도 밥상도 새로운 경험과 교육의 장이 되었다.

풍수지리와 명리학을 교육 과목에 넣은 것도 훌륭한 선택이었다. 다들 본인들의 산이 풍수적으로 좌청룡 우백호가 아닌지, 닭이 알을 품고 있어 후손이 번창할 명당이 아닌지 알고 싶어 했다. 명리학도 인기가 많았다. 내 팔자가 왜 이리 꽈배기처럼 배배 꼬인 것 같은지, 남은 인생 팔자 필 일이 있는지, 왜 나는 늘 빈손인지, 이런 의문은 대부분의 장삼이사들에게는 풀 수 없는 숙제다. 강사가 명리학으로 풀어주는 사주팔자에 고개를 끄덕거리는 이들이 많았다.

교육이 끝나고 오는 길에 청송 심씨 고택을 방문했다. 종갓집 며느리가 차려주는 밥상을 받고 다들 마음이 흐뭇해졌다. 99칸 심씨네 부잣집은 9대를 이어온 만석꾼 집안으로 백호와 청룡이 뛰노는 곳에 조상의 묘를 써서 후손이 번창했다는 강사의 말을 다시 한번 되새기기도 했다. 살아 있는 교육이요, 체험 현장

산주 및 임업인 교육 현장

인 셈이었다.

술 없는 2박 3일의 연수기간은 감동적으로 끝이 났다. 여직원들이 재미난 퀴즈를 준비하여 지루할 틈 없이 즐겁게 이끌었다. 교육이 끝나고 집으로 가는 길에 2박 3일 동안 함께한 직원들의 손을 붙잡고 헤어지는 걸 아쉬워하는 조합원들의 모습을 보며 코끝이 찡해왔다. 이후에도 술 없는 연수는 계속 진행되어 우리 조합만큼 열심히 청송 연수원을 많이 간 조합이 없었다.

재미있는 연수 덕분인지 몰라도 신규 조합원이 늘어나서 출자금도 20배로 늘어났다. 조합경영평가에서 가장 중요한 조합원 관련 평가에서 우리 조합이 우수한 점수를 받은 이유 중의 하나였다. 신규 조합원들은 새로운 아이디어를 조합에 제시하고 조합은 그만큼 또 확장되는 것이다.

K2를 아는가

"오, 폼 나네요."

"모델이 딱이네. 유니폼이 매우 멋진데요."

"가슴팍에 K2를 크게 박아달라고 주문해야겠어요."

마침내 정읍산림조합에서 독자적으로 디자인을 의뢰한 안전복이 최종 결정되었다. 정읍산림조합 안전복은 현대자동차를 생산하는 분들이 입는 것과 똑같은 K2 회사 제품이다. 우리는 대한민국 최고 수준의 안전복을 영림단에게 제공하기로 결정했다.

그동안 산에 임도를 뚫고 간벌 작업을 하는 임업인들의 작업복은 독일의 디자인을 그대로 베낀 데다가 옷감의 질이 낮아서 불만이 많았다. 아무리 급한 일이 있어도 작업복을 입고 시내를 돌아다니기가 부끄럽다는 말도 많았다. 교복이 부끄러운 학생이 학교에 자긍심을 갖기 어렵듯 임업인이 작업복이 부끄럽다면 자부심을 가질 수 있겠는가. 임업인이라는 사실에 자부심을 느끼고 작업 중의 안전사고에서 최대한 안전을 보장받을 수 있는 작업복을 조합에서 제공해야 한다는 아이디어가 나온 이유였다. 실제로 작업하시는 분들의 의견을 먼저 듣고 사업에 착수했다.

대한민국 최고의 아웃도어 브랜드들을 대상으로 시장 조사에 들어갔다. 그 결과 코오롱과 K2 두 곳을 방문하여 적합성 조사를 했는데 놀랍게도 2천 벌의 견적서를 들고 담당 직원이 돌아왔다. 예상보다 너무 비싼 가격이었으나 되돌릴 수는 없었다. 몇 차례 조율이 있었고 우리는 K2 회사에 제품을 주문하기로 결정했다.

기업에 대한 설명도 새로웠다. K2는 세계 제2의 고봉으로 빙하와 얼음으로 뒤덮인 히말라야 산맥에 있다. 그 이름을 딴 K2 아웃도어 브랜드가 외국 회사인줄 알고 있지만 메이드 인 코리아MADE IN KOREA 국산 브랜드다. 해발 8천 미터가 넘는 K2는 등반하기 가장 어려운 봉우리로 도전 정신과 열정, 모험 정신이 결합된 거대한 상징이다.

나 또한 산을 좋아하고 즐겨찾기에 K2는 언젠가는 꼭 한 번 도달하고 싶은 목표 중의 하나다.

K2를 등정하면서 생긴 일을 그려낸 영화가 두 편 있다. 하나

는 〈K2〉(1991), 다른 하나는 〈버티칼 리미트〉(2000)이다. 거대한 대자연 앞에서 인간은 얼마나 왜소한 존재인가. 그러나 포기하지 않고 자연이 내린 역경을 극복하려는 인간의 의지와 따뜻한 인간성을 볼 때, 인간은 또 얼마나 크나큰 존재인가. 영화를 보다 보면 비로소 알게 된다. 영화는 정상 정복 성공이나 최후의 생존자가 누구인지 보여주기 위해서가 아니라 K2를 보여주기 위해 만들었다는 것을. 돌풍에 회오리치는 눈부신 설원과 낮과 밤의 경계에 빛이 멈춘 성스러운 백야, 까마득한 골짜기 아래로 죽음처럼 줄지어 떨어지는 바윗덩어리들. 영화를 보는 내내 K2 현장으로 우리를 데려간다. 영화에 대한 감동 때문에도 K2 작업복은 특별한 느낌을 주었다.

의류업체 K2 또한 '인간 한계에 도전하는 열정적인 사람들의 동반자'라는 기업 정신을 표방하고 있었다. 거친 환경에서 신체를 쾌적하고 안전하게 보호하는 기능성 의류 제작에 심혈을 기울인다는 의지가 우리가 추구하는 작업복의 이상과 잘 맞아떨어졌다.

대기업 디자이너들이 새로 디자인한 시제품으로 받은 작업복 반응을 조사했다. 호응이 좋았다. 기존의 작업복 바지는 벨트로 허리 라인을 조이는 구조여서 허리가 많이 불편하다는 의견이 많아 허리 벨트를 없애고 밴드로 처리했다. 벨트 대신 밴드 처리한 바지는 입기도 벗기도 편하다. 쉽게 찢어지지 않고 통풍이 잘 되는 고기능성 옷감에 안전을 위해서 야간에는 표시 나는 야광 처리도 했다. K2 정상에도 입고 갈 수 있을 것 같았다.

혹여 짝퉁으로 오해받을 수 있으니 가슴에 K2를 크게 디자인 해달라고 주문했다. 정품이라는 택도 꼭 부착해달라고 요구했다.

녹색과 황색으로 디자인된 K2 안전복은 정읍산림조합의 자부심이 가득 스며 있었다. 우리는 처음부터 전 직원과 공개적으로 의논하고 모든 의견에 귀를 열었다. 계약직부터 상무, 조합장까지 모두 한 팀이었다. 품질에서 가격까지 투명하게 공개되었고 회계 담당이 회사에 정확히 송금했다. 영수증과 실제 가격 차이를 만들어 담당자가 리베이트를 챙기거나 조합장에게 상납하는 일은 18년 동안 단 한 번도 없었다.

안전복 디자인을 결정하기 위한 모델로 발탁된 키 큰 영균이가 조심스럽게 견본 옷을 벗고 나서 말했다. 결혼 예복도 70만 원이었는데 이렇게 비싼 옷은 처음이라고. 간혹 시내에서 작업복을 입고 가는 임업인을 본다. 옆에 가서 시내 한복판을 활보하고 다녀도 옷이 부끄럽지 않냐고 슬쩍 물어보고 싶은 걸 참는다.

▷▷▷ 12 ▷▷▷
꿈은 이루어진다 일등 조합

꿈인가 생시인가. 눈 속에 매화꽃이 피던 2월에 놀라운 소식이 전해졌다.

2012년 전국산림조합 종합경영평가에서 정읍산림조합이 전국 1위를 차지했다는 소식이었다. 믿기지가 않아서 나는 잠시 멍할 수밖에 없었다.

7가지 항목인 1)조합원 관련 2)사유림 경영지도 3)신용사업 4)일반사업 5)산림사업 6)재무구조(안정성, 수익성, 성장성) 7)자급률 등 조합 운영에 대한 전반적인 평가에서 우리 조합이 1위를 했단 말인가?

지난해 롯데호텔에서 개최된 창립 50주년 기념식에서 '임업발전유공 대통령 표창'을 받은 것도 꿈만 같았는데 경영최우수조합이라니, 꿈은 아니었다. 더구나 2013 산림문화한마당 축제 공모에도 뽑혀 겹겹경사였다.

조합장이 된 지 10년이 지나면서 성과가 보이고 상복이 터졌다. 십년이면 강산도 변한다는 말처럼 정읍산림조합은 산림조합 중 최하위권 조합에서 무려 140계단이나 뛰어오른 1등 조합이 되었다. 10년 연속 흑자 경영에 차근차근 정상을 향해 올라오는 동안 함께 했던 직원들의 눈에도 물기가 어렸다. 열정과 진정성으로 한 몸처럼 달려온 직원들이었다.

소식을 듣자마자 제일 먼저 드는 생각은 우리 직원들과 함께 수상 무대에 올라가야 한다는 것이었다. 우리 직원들이야말로 일등 조합의 기적을 일군 진짜 주인공들이었기 때문이다. 그러나 사무실과 매장을 모두 닫고 올라갈 수는 없는 노릇이어서 부서별로 대표를 한 명씩 뽑아 시상식에 가기로 했다. 우리는 서로 껴안고 어깨를 두드리고 환호성을 지르고 회식을 하며 그 동안 걸어온 여정을 되돌아보며 자축했다.

아내는 시상식에 가는 나를 위해 새 양복을 선물해주었다. 최우수조합상은 지금까지 받아본 상 중에서 최고의 상이었다. 대통령상보다도 기쁜 상이었다. 각 부서 대표로 뽑힌 직원들도 새 양복을 한 벌씩 사입고 왔다.

새 양복을 입고 서울 가서 산림조합중앙회 대강당 무대에 올라 우리 정읍산림조합의 깃발을 힘차고 멋지게 흔들었다. 우레와 같은 박수소리가 강당을 울렸다. 우리는 흥분과 기쁨을 참지 못했다. 꿈은 이루어진다고, 월드컵 우승에 오른 기분이 이럴 거라고 직원 중 누군가 말했다.

　시상식에 다녀온 다음 주에 지역 신문마다 수상 소식이 실렸다. 흥분이 다시 살아난 사무실은 금세 시끌벅적 했다.

"조합장님, 사진 좀 보세요. 와, 새 양복 핏이 끝내주세요."

"촌놈들 새 양복 입은 티가 팍팍 나는데!"

"오, 다들 부러워하시는 얼굴들이네."

"상무님, 우리 조합 깃발 이름 잘 보이게 들고 계시는 것 좀 봐. 정읍산림조합."

　직원이 보여주는 〈정읍신문〉 1면 기사 헤드라인이 큼직했다.

정읍산림조합, 산림조합 종합경영평가 전국 1위 쾌거

산림조합 창립 50년 이래 도내 최초 이룬 성과

사유림경영지도, 신용사업, 재무구조 등 7개 항목 우수

10년 전 전국 최하위 조합 극복, 142개 조합 중 1위 우뚝

　정읍산림조합(조합장 김민영)이 2012년도 종합경영평가에서 전국 1위를 차지하는 쾌거를 이루었다. 지난 21일(목) 산림조합중앙회 제51기 정기총회에서 2012년도 경영우수조합과 산림조합발전유공자에 대한 정기표창 시상식에서 산림조합 종합경영평가 최우수조합으로 선정된 정읍산림조합은 사유림경영지도, 신용사업, 일반사업, 재무구조 등 7개 평가 항목에서 우수한 평가를 받아 142개 조합 중 최우수상(전국 1위)이라는 성과를 이룬 것.

이 같은 성과는 산림조합 창립 50년 이래 전북도내에서 최초로 이룬 성과이며, 놀라운 것은 10여 년 전 정읍산림조합은 산림조합 중 최하위권인 자본잠식 조합이라는 어려움을 극복했다는 점이다.

김민영 조합장은 10여 년 전 취임 당시 어려운 조합 현실과 30대의 젊은 나이에 취임하면서 순탄치만은 않은 어려운 행보에 나섰다.

김 조합장은 성실함과 도전정신으로 2003년부터 '10년 연속 흑자 경영'이라는 결과를 낳았고, 지난해 롯데호텔에서 개최된 창립 50주년 기념식에서 '임업발전유공 대통령 표창'으로 이어져, 올해는 '2012년도 산림조합 종합경영평가'에서 전국 1등 조합으로 만들면서 그의 열정과 임업인을 위한 진실함이 통했다는 평이다. (중략)

— 〈정읍신문〉 이준화 기자

신문을 본 조합원들의 전화가 다시 울렸다. 다들 잃었던 나라를 되찾아 나라가 독립된 것만큼이나 기뻐했다. 우리는 조합원 모두와 기쁨을 나누기 위해 가을에 있을 산림문화한마당 축제를 그 어느 지역의 산림조합보다 성대하게 치르기로 결정했다. 매화가 피던 2013년 봄날의 기쁨은 그렇게 컸다. 우리 조합이 전국 최고의 조합이 되다니 자다가 깨도 웃음이 나왔다.

13

이미자 공연 때보다 더 많은 사람이

2013 산림문화한마당 축제

"산주에게는 소득을! 국민에게는 풍요를!"

박수가 터졌다. 마침내 우리들의 열망을 한 줄로 보여줄 캐치프레이즈가 오랜 논의 끝에 결정되었다. 산림문화한마당 축제는 추수가 끝난 가을에 열린다.

10년 동안 비약적인 성장으로 산림조합경영평가 전국 1위를 함으로서 명실공히 우수조합으로 인정받고 있는 만큼 그 기쁨을 조합원들과 한자리에 모여 나누고 싶었다. 산림문화한마당 축제는 산주에게 산림 경영정보를 제공하여 산주의 자발적 산림 경영과 사유림 경영 활성화를 도모하고 산림정책 홍보 및 새로운 임업 기술정보를 제공하는 박람회가 되어야 했다. 또한 조합이 성장하는 데는 정읍 시민들의 사랑과 성원이 큰 역할을 했기에 정읍 전체의 행복한 축제로 만들고 싶었다.

축제에는 우리 조합원들과 전국에서 임업 관련 관계자를 비롯해 기관, 단체, 귀농·귀촌을 희망하는 자, 일반인 등 약 2,500여 명이 방문할 거로 예상하였다. 서울 산림조합중앙회 대강당 무대에서 힘차게 정읍산림조합기를 휘날리며 월드컵 우승에 버금가는 수상의 기쁨을 만끽했던 차라 직원들 모두 의욕이 불타올랐다.

산림청에서 공모하는 사업에 선정되었기 때문에 행사의 기본 골격은 갖추어져 있었다. 예산의 쓰임새대로 추진하면 될 일이었다. 장소는 정읍에서 가장 많은 사람이 모일 수 있는 시설인 상평동 종합경기장으로 정했다. 산림조합장, 시장, 국회의원, 도지사, 다른 지역의 조합장 등을 초청한 기념식, 가수 초청 공연, 신지식인 강의, 지역 임산 특산물 전시 등 이미 다른 지역에서 기본 포맷이 된 그걸로 우리는 만족하지 않았다. 우리는 정읍산림조합만의 창조적인 무엇인가를 새로 담고 싶었다.

"산주에게는 수득을, 국민에게는 풍요를!" 그 속에 담긴 뜻은 산을 가진 임업인들의 생산물이 제값을 받고 유통되어 결과적으로 수입 농산물이나 목재보다 더 국민들을 풍요롭게 할 수 있는 방법을 찾자는 거였다. 임업인들의 협동조합은 단지 임업인들의 이익만을 목적으로 하지 않는다. 임업인 수익 증대와 더불어 시민이 풍요로워지는 방법을 오랜 기간 고민했다. 전 직원이 머리를 맞댄 회의가 시작되면 다들 아이디어를 떠올리기 위해 머릿속이 꽉 차게 된다.

"오시는 분들이 만족할 수 있어야 합니다."

"어떻게 만족을 시켜야 하지?"

"우리 정읍만의 무언가 특별한 경험이 될 수 있는 것이 하나 있었으면 좋겠는데요."

"맞아요. 다른 지역 산림문화 축제에 일찍이 없었던 강력한 그어떤 것."

다들 골머리를 싸맨다. 침묵이 흐르고 이런 저런 아이디어가 나오지만 이내 고개 흔드는 통에 사라진다.

"간식을 군밤으로 주면 어떨까요?"

"군밤?"

"오, 좋아! 세상에 군밤 싫어하는 사람은 없어."

"굿 아이디어. 밤을 구워줍시다. 날씨가 쌀쌀하니 따뜻한 것을 찾을 거고 밤 굽는 냄새도 구수하고, 거기에 정성도 들어가니 좋네요."

맞는 말이었다. 시골에서 살았던 사람들에게 뒷산의 밤을 주어다 구워먹고 밥해먹는 것은 가을날의 즐거움이었다. 나도 어릴 때 쇠죽 솥 아궁이 옆에 앉아서 아버지가 구워주시는 군밤을 호호 불며 까먹느라 입천장이 데이기도 했고 연 날리다 돌아오면 할머니가 화로에 묻어두셨던 알밤을 꺼내 까주셨다. 그러면 난 이불속에 엎드려 그 노란 군밤을 새처럼 받아먹곤 했다.

대부분의 산주들은 그런 추억들이 있다. 나훈아의 '잡초', 조용필의 '못찾겠다 꾀꼬리', '그 언젠가 나를 위해 꽃다발을 전해 주던 단발머리 동네 소녀'를 추억하며 군고구마나 군밤을 먹었던 세대가 바로 대부분의 산림 조합원들이었다.

시민들도 마찬가지다. 아궁이의 군밤과 군고구마는 산골을 떠나 도시로 나간 시민들이 돈을 주고 사먹어야 하는 음식이 되었다. 이제 봉지속의 군밤과 군고구마는 배고픔을 달래주는 것이 아니라 떠나온 고향의 산과 강, 마을, 그리운 사람들에 대한 허기를 달래주는 음식이 되었다.

연탄을 땔 때만 하더라도 심심찮게 군밤을 구워먹었지만 기름 보일러로 바뀌고 나서 시골에서도 군밤은 쉽게 맛볼 수 없는 주전부리가 되었다. 밤을 굽자는 의견은 모두에게 그 따스하고 고소한 정서를 불러일으켜 참신한 아이디어로 인정받았고 다들 얼굴이 밝아졌다. 그러나 지난번 했던 군밤 굽기의 과정은 지금 생각하면 만리장성 같은 대공사는 아니어도 천리장성만큼 무모한 도전이었다고 담당자가 밝혔다. 걱정스러운 말도 나온다.

"참가 예상 인원이 이천오백 명인데 두 개만 나눠주어도 오천 개, 그런데 다섯 개씩은 나눠줘야 하지 않나요? 와, 만 이천오백 개를 구워야겠는데요."

"그걸 세는 것도 일이겠네."

"소풍 나간 돼지들이나 하나하나 세는 것이지. 열 개 무게 재서 곱하기 이천오백, 그럼 몇 킬로인지 바로 답 나온다네. 문과

생님."

"그런데 어디다 구워요, 그 많은 걸?"

"가마솥을 큰 걸로 서너 개 걸고 구우면?"

"장작 때서 가마솥에 구우면 열전도율 때문에 시간이 너무 걸려요. 솥이 네 개면 굽고 나눠주고 인원이 너무 많이 들어요."

합리적인 우려는, 그러나 군밤으로 달아오른 열기를 꺼뜨리지 못했다.

"정성 없이 감동이 있을 수 없죠. 방법을 찾아 해봅시다."

"이왕 굽는 김에 은행도 구워줍시다. 은행은 군밤보다 작으니 금방 익을 텐데요, 까먹기도 쉽고."

그 말에 담당자인 환이의 얼굴이 급격히 어두워진다.

"튀밥 튀기는 기계를 빌려다 구우면 어떨까요?"

"바비큐통이 좋을까? 군고구마 도라무통이 좋을까?"

"아니 그 만 개도 넘는 밤을 일일이 칼집을 내서 구워야 하는데 그걸 어느 세월에 누가…."

"까짓것 우리 모두 달라붙어 밤새서 하면 되지."

"조합원들의 힘을 빌립시다. 그날 오는 조합원들이 빙 둘러 앉아…."

"준비는 미리 다 해놔야지. 그날하면 정신없어 안 돼."

"밤을 준비할 조합원께 미리 요청합시다."

"그게 좋겠어요. 비용을 좀 더 드리고 칼집내기까지 부탁드리죠."

기념품은 산림조합답게 편백 베개, 편백 큐브와 편백 도마를 3천 개 준비하기로 했다. 비용 초과는 걱정하지 않았다. 예산이 엉뚱한 곳으로 새거나 남기려 들지 않는다면 얼마든지 가능한 일이었다.

참가자들의 발길을 잡는 이벤트도 중요했지만 가장 중요한 일은 조합원인 산주들의 소득 증대를 위한 사업 발굴이었다. 그래서 단기간에 소득을 올릴 수 있는 임산물 상담을 해줄 상담원 등 산주들에게 꼭 필요한 17개 분야에 전문적인 상담요원 40여 명을 배치하기로 했다. 산주들이 자신들에게 필요한 상담을 받을 수 있게 컨설팅 부스를 마련했다. 그리하면 산주들이 그동안 궁금했던 사항과 새로운 소득 사업에 대한 갈증을 해소할 수 있을 터였다.

또한 실외에 부스를 마련하고 임업과 관련된 전시 홍보물 등 다채로운 부대행사를 계획했다. '숲속 힐링푸드' 부스에서는 숲에서 생산한 다양한 먹거리를, '숲의 선물' 부스에서는 국산 목재 전시를 하기로 했다. 그 외에도 다양한 임산 장비를 전시 판매하고 산림을 주제로 한 예술 작품 전시회를 통해 문화 체험 기회도 마련했다.

내장산 애기단풍이 빨갛게 물들었다. 종합경기장 가는 길의 은행나무도 노랗게 물이 들었다. 하늘은 더없이 맑고 푸르렀다. 아침부터 경기장에 모여드는 사람들의 숫자가 심상치 않았다. 시립국악단의 풍물굿으로 축제가 시작되었다. 도지사, 국회의원, 산림조합중앙회장, 정읍시장, 서부지방산림청장, 정읍시의회 의장을 비롯해 산림청 관계자 및 각 기관 단체장과 전국 산림조합장 등이 참석한 기념식 행사 사회는 함윤호 아나운서가 맡았다. 날마다 텔레비전 뉴스에 나오던 KBS 메인 아나운서가 등장하자 환호성이 일었다. 나는 함윤호 아나운서가 진행하는 방송에 출현을 했다가 서로 의기가 통해 의형제를 맺었는데 깍듯이 형님 대접을 하며 사례비도 없이 달려와 사회를 봐주곤 해서 여간 고마운 게 아니었다.

고마운 분들이 많았다. 정읍 차문화협회에서 자원봉사를 해주어 재료값 정도만 받고 녹차, 꽃차와 더불어 다과까지 오시는 분들께 끊임없이 대접했다. 차에 입문한 이래 가장 많은 분들께 차를 대접했노라고 봉사자 한 분이 말했다. 수천 명이 몰려들었지만 해병대에서 교통정리를 해준 덕분에 큰 혼잡은 발생하지 않았다.

공설운동장을 빙 둘러 부스마다 산더미처럼 임산물이 쌓이고 밤 굽는 냄새가 퍼졌다. 군밤은 잘 익었다. 은행도 잘 익었다. 3천 개 편백 도마는 동이 났다. 예상보다 1천여 명이 더 참여하여 3,500여 명이 모인 산림박람회는 성공리에 끝났다. 가수 이미자가 공연하러 왔을 때보다 사람들이 더 많이 왔다고 참 볼만한 잔치라고 말씀하시는 어르신도 있었다. 정읍 시민들의 참여가 예상보다 훨씬 많았다. 웬 사람이 이렇게 많이 왔냐고 도지사의 눈이 휘둥그레졌다. 정읍산림조합이 그만큼 신뢰와 사랑을 받고 있다는 증거였다.

그러나 후유증도 있었다. 박람회가 끝난 후 환이가 내 눈을 피하고 다녔다. 군밤 사업 담당자였던 환이는 말 못할 고초를 겪었다. 출장차 완주를 가다가 길가 카센타의 큰 솥단지를 보고 차를 멈춘 후 "저기다 밤을 구우면 되지 않을까?" 하고 심각하게 물어보았다고 한다. 1만 2천 개의 군밤과 셀 수도 없을 만큼 많은 은행을 하루 종일 구웠던 환이 덕분에 참가자들은 공짜 군밤을 까먹는 따뜻한 추억을 챙겼지만 환이는 군밤이라면 두 번 다시 쳐다보기 싫은 트라우마가 생겼는지도 모른다.

일은 형식보다 내용이 중요하고 결과적으로 보람이 느껴지는 일이 가장 잘한 일이다. 쉽지 않은 일을 오직 조합원과 시민들을 위해 기꺼이 아이디어를 내고 온몸으로 노력했던 직원들에게 지나고 나면 미안할 때가 많았다. 고맙고, 미안하다, 환이야.

14

이렇게 놀라운 유통센터는 전국에서 처음

"우리도 유통센터를 지어야 할 때인 것 같습니다."

"지으면 좋지요. 그런데 50억 정도는 들어갈 것 같은데요."

월급도 제대로 주지 못하던 때가 있었지만 이제는 50억을 넘어 100억 사업을 벌일 역량이 되었다. 언젠가 복분자밭에 봉사 활동을 갔을 때 애써 수확해도 팔지를 못해 근심이 가득하던 어르신의 모습에서 느꼈던 안타까움이나, "김 조합장, 버섯을 많이 따서 말렸는데 팔 데가 없네. 어떻게 좀 팔아줄 수 없겠는가?" 같은 걱정스러운 전화 목소리, 구시장 좌판에 두릅을 쌓아놓고 쪼그려 앉아 햇빛에 시들어가는 두릅에 물을 뿌리며 그늘지던 조합원 아주머니의 얼굴은 언제나 무거운 돌 같은 숙제였다.

조합원들이 산에서 거둔 좋은 먹거리를 시민들에게 직거래할 수 있는 매장을 만들고 싶었다. 아침에 실어다주면 직원들이 선별하고 포장하여 싱싱한 상태로 전시 판매할 수 있는 매장이 있어야 가장 큰 근심을 덜어줄 수 있지 않겠는가. 2016년 직원들이 의지를 갖고 산림청 공모 사업에 사업계획서를 제출했다.

우리는 전국 최초, 전국 최고의 혁신적인 유통센터를 기획했는데 핵심 포인트는 세 가지였다. 첫째, 두릅이나 고사리, 버섯 같은 조합원이 생산한 웰빙 먹거리가 시민과 직거래되는 '로컬푸드'. 둘째, 임업경영에 필요한 기계, 자재, 기구, 농약, 비료, 안전용품 등을 한곳에 모아 온라인과 오프라인에서 동시에 판매하는 '숲에온(on)마트'. 셋째, 조합원들의 나무와 꽃이 1년 내내 전시 판매되는 유리온실 '희망정원'과 그 안에서 숲에 온 느낌으로 휴식이 가능한 '숲카페'. 즉, 문화공간과 유통이 한곳에서 어우러진 원스톱 서비스 공간을 기획하였다. 우리는 사업계획서를 보내놓고 초초하게 결과 발표를 기다렸다.

"됐습니다. 산림청 공모 사업에 선정되었습니다!"

직원들 모두 사무실이 들썩들썩할 만큼 만세를 불렀다.

기쁜 소식은 얼마 후 또 있었다.

"축하드립니다. 정읍산림조합이 또 최우수조합상을 받게 되었습니다. 산림조합중앙회 역사상 처음 있는 일입니다. 연달아 좋은 일이 많네요."

우리 산림조합은 4년 만에 또다시 경영 최우수조합상을 수상했다. 여·수신은 1,700억원을 돌파했고, 14년간 연속 흑자를 기록하고 있다. 어느새 조합원도 5천 명이 훌쩍 넘게 늘었다. 조합원이 늘고 출자금이 증액될수록 탄탄한 경영이 가능하기 때문에 조합원들의 관심과 사랑이 수상의 일등공신이었다. 또한 11만 5천 명 정읍 시민의 애정도 큰 역할을 했다. 무엇보다도 우리 직원들이 젖 먹던 힘까지 다해 정읍산림조합을 반석 위에 올려놓았다.

이제 유통센터를 잘 지을 일만 남았다. 산림청 공모 사업에 선정됨에 따라 확보한 국비 5억원과 지방비 2억원이 마중물이 되었다. 우리 조합이 부담하는 43억원을 더한 총사업비 50억원 규모의 유통센터는 그렇게 첫 삽을 뜨게 되었다.

유통센터를 건립할 건설사를 선정하기 위해 최저가 입찰 방식으로 공고를 냈다. 혹여 부실기업이 선정되면 어쩌나, 이왕이면 정읍 향토 기업이 선정되면 좋을 텐데…, 등등 걱정을 많이 했지만 다행히도 농협마트를 공사했던 경험이 풍부한 우량 기업이 선정되었다. 난 공사 내내 업체로부터 콩나물국 한 그릇도 식사 대접을 받지 않았고 직원들에게도 회의 때 엄중하게 그 뜻을 전했다. 무더위에 애쓰는 인부들에게 오히려 조합에서 해장국을 서너 번 대접했다.

뜨거운 여름에 시작한 공사는 이듬해 설 대목 즈음 끝나서 유통센터가 완공되었다. 조금 더 완성도가 높은 매장을 만들고자 고심을 거듭하는 과정에서 설계 과정부터 직원들의 의견을 수렴하고 각 담당자들의 아이디어를 최대한 반영하였다. 또한 고객 감동을 실현할 수 있는 동선과 디자인을 구상하기 위해 분투했다. 직장에서나 집에서나 틈만 나면 미술학도처럼 에이포(A4) 용지에 자를 대고 그려보고 색연필로 칠해보고…. 내 머릿속엔 완성된 모습의 복합유통센터가 날마다 새로운 모습으로 짓고 또 지어졌다.

그때 난 곧 퇴직을 앞두고 있었다. 퇴직하면 그만인데 뭘 이렇게 골치 아프게 큰 사업을 벌이려 하느냐는 가까운 지인의 만류도 있었다. 하지만 앞으로 당선될 다음 조합장에게 내가 겪은 어려움을 대물림하고 싶지 않았다. 탄탄한 기반과 규모가 있는 정읍산림조합에서 마음껏 기량을 펼치며 재미있게 일할 수 있는 터전을 만들어주고 퇴임하고 싶은 마음이 컸다.

그런 마음과는 별도로 조합 역사상 처음 시도되는 공사를 하려니 신경 쓸 일이 수천 가지도 넘었다. 그리 많지 않았던 직원들은 기존의 업무에 유통센터 공사 업무까지 더해지니 업무 폭주 상황이 이어져 휴가도 반납하는 직원이 여럿이었다. 그러나 모두가 힘을 다해 한 고비 한 고비 넘으며 유통센터가 완공되어 갈 때의 기쁨은 남달랐다. 나의 영혼까지 스며든 땀과 노력의 결정체 유통센터가 지어지기까지 많은 고생과 숱한 고비가 있었지만 다음 조합장이 5,300여 조합원과 함께 꿀처럼 달디 단 열매를 따먹으며 조합 성장을 주도할 것을 생각하면 새로운 힘이 솟아났다.

"조합장, 산림조합 매장 오픈하믄 장 볼라고 진즉부터 필요한 것이 있어도 안사고 기다리고 있는디, 언제 문 여는가?"

이런 전화들이 사무실로 종종 걸려왔고, 드디어 조합원들의 오랜 기다림 끝에 산림조합 역사상 전국 최초 1호 유통센터를 정읍조합에서 오픈했다.

"산림조합이 태동하게 된 것은 1962년입니다. 일제시대와 한국전쟁을 겪으면서 산림이 굉장히 황폐해졌습니다. 하지만 정부와 국민, 산림조합이 합심해서 세계에서 가장 빠른 푸른 숲 나라가 되었습니다. 산림조합은 녹지사업에서 그 역할이 확대되어 나무를 심고 가꾸고 임도를 내는 것과 더불어 도시숲도 조성하고, 임업인들이 필요로 하는 자금 정책도 지원합니다. 또한 임업인들의 소득향상을 적극적으로 지원하고 시민들이 산림복지를 누릴 수 있게 돕고 있습니다.

정읍시는 산림 면적이 전체 면적의 47%입니다. 산림의 가치를 금액으로 환산하자면 우리나라 산림의 공익적 가치는 109조 67억원, 국민 한 사람당 연간 216만원의 혜택을 받고 있고, 우리나라 온실가스 총 배출량의 10.3%를 숲이 흡수하고 있다는 것은 지구온난화 시대에 산림의 중요성을 말해주고 있습니다.

오늘 유통센터가 완성되니 감회가 새롭습니다. 처음 조합장이 됐던 때가 36살이었습니다. 당시 조합이 참 어려웠습니다. 좋은

일이 생기면 어려운 때가 기억이 난다고 하는데, 그때의 기억이
납니다.

어려웠지만 함께해주신 임원분들, 대의원분들, 직원들, 고객
등 이런 분들에게 항상 감사한 마음입니다. 시민 여러분, 우리
산림조합을 더욱 사랑해주십시오. 저희도 시민들을 사랑하고
늘 함께 하겠습니다."

어떻게 첫술부터 배부르랴. 오픈하면 첫해는 당연히 적자일
터이다. 하지만 금융과 사업 부문에서 이미 기반을 확고히 다졌
기에 유통센터가 자리를 잡는 기간 동안 적자를 채울 만큼은 여
유가 있었다. 단기 3년 계획, 5년 계획을 세워 유통센터가 독자
적으로 공고히 자리를 잡고 흑자 전환되는 시점을 분기별, 연차
별로 계획을 세웠다. 앞으로 유통센터는 탄탄한 미래의 기반을
다지게 될 터였다.

처음 유통센터 문을 연 날, 수많은 사람들이 유통센터 오픈
매장을 다녀갔다. 매장 물건이 동이 났다. 그 바람에 바로 옆 슈
퍼마켓에도 줄을 서는 진풍경이 벌어졌다. 생각보다 매우 많은
분들이 찾아주셨다. 정읍에서 생산되는 오디, 복분자, 표고버섯
등 다양한 임산물이 집하, 선별, 저장, 출하까지 모두 원스톱으
로 신속하게 처리할 수 있게 되자 생산 조합원들의 기쁨은 지대
했다.

대형 마트 못지않은 넓이의 로컬푸드 직매장에는, 각종 생필

품은 물론 버섯과 두릅 등 다양한 임산물들을, 그리고 한우를 비롯한 정읍에서 생산된 품질 좋은 농축산물을 두루 갖추고 시민들을 불러모았다. 특히 나무와 분재·야생화 등을 사계절 공급할 수 있는 유리온실과 언제든 쉬어 갈 수 있는 카페는 입소문을 타고 인기 블로거들의 포스팅으로 화제가 되기도 했다.

유통센터를 기획하면서 우리는 전국 최초로 로컬푸드 판매장을 만들었던 완주 용진농협을 시장조사차 방문했다. 유통센터가 완공된 후 용진농협 담당자가 답방했을 때, 그는 놀라워하며 말했다.

"완전 신개념 복합유통센터입니다. 이런 곳은 처음 봅니다."

"네. 취나물과 나무, 화초를 판매하려고 가져온 조합원들이 여기 앉아 꽃도 보고 직원들과 상담 대화도 하고 차를 한 잔 마시며 휴식할 때가 제일 행복합니다. 두릅을 사러 와서 아내는 로컬푸드에서 장을 보고, 아빠는 아이를 데리고 꽃을 보고 나무 사이를 걸어다니는 것을 보고 있으면 참 행복합니다."

"아마 앞으로 우리나라 로컬 매장들은 이렇게 카페를 함께 만드는 쪽으로 발전할 것 같습니다. 정말 획기적인 발상을 하셨습니다."

이후에 정읍의 농협 로컬푸드에도 카페가 들어섰다. 정읍은 농협에서도 산림조합에서도 시도된 적 없는, 최초의 혁신적 복합유통센터 발상지이다.

▷▷▷ 15 ▷▷▷

파리채 들고 출근하기

새벽 5시에 일어나 6시에 살며시 출근했다. 벽에 걸린 파리채를 들고 집을 나섰다. 이른 아침 도착한 유통센터는 고요했다. 정훈희의 〈꽃밭에서〉 노래가 울려 퍼지는 '숲카페'로 들어섰다. 후덥지근한 습기 속에 수많은 화초들이 아침을 맞아 꽃을 피우느라 싱싱한 향기를 내뿜고 있다.

꽃밭에 앉아서 꽃잎을 보네
고운 빛은 어디에서 났을까
아름다운 꽃이여 꽃이여

나도 모르게 〈꽃밭에서〉를 흥얼거리며 나무들과 꽃 사이를 파리채를 들고 오간다. 어제 '숲카페'와 '희망정원'을 웽웽거리며 날아다니던 파리를 찾는다. 아침 일찍 단잠에 빠져 있던 파리들이 인기척에 놀라 날아오른다. 파리채를 피해 꽃과 나무 사이를, 테이블과 창문 사이를 잘도 도망간다. 공중에 늘어진 화분 수염틸란드시아에 파리가 올라앉는다. 팔이 닿지 않아 닭 쫓던 개 지붕 쳐다보듯 올려다본다. 도르래를 내리면 금세 날 아갈 것이다.

그래도 손님들이 오기 전에 파리를 잡아야 카페와 마트가 쾌 적해지니 부지런히 파리 꽁무니를 쫓는다. 날이 더워지면서 파리 들이 기승을 부리고 특히 꽃향기 때문인지 곤충들까지 날아다 니고, 여간 걱정이 되는 게 아니었다. 음식물을 사고 차를 마시 고 꽃을 보는데 파리와 곤충들이 윙윙거린다면 방문객들이 눈 살을 찌푸리지 않을까. 그래서 서둘러 파리채를 들고 출근한 것 이다. 아침 일찍 출근해 파리를 잡아도 노래가 나올 만큼 행복 했다.

아무리 인터넷 쇼핑족이 많다한들 신선식품을 비롯해 생필품 을 구입하기 위한 장보기는 실물을 확인할 수 있는 오프라인 매 장이 더 낫다.

"정읍은 다 좋은데 막상 어디를 가려면 갈만한 곳이 없다."

"문화생활을 누리지 못함이 아쉽다."

인구 십여 만의 도·농 도시인 나의 고향 사람들을 만나면 자 주 듣는 말이었다. 그래서 산림청 보조금 사업에 공모하면서 한 곳에서 모든 서비스가 가능한 종합공간을 꿈꾸었다.

커피 향과 꽃향기가 어울리는 온실 카페는 이미 머릿속에 완성되어 있었다. 산림에 필요한 모든 기자재를 한곳에서 사고 시장바구니를 채울 마트가 있고 은행도 있고 산림조합 사무실도 있는 종합 공간. 시민들의 문화 욕구 충족을 위해 생활 밀착형 공간을 서비스할 방안을 모색해왔다. 그 결과 조합장 재직 중반부터 오랜 숙원이었던 사업을 마침내 펼칠 수 있게 된 것이다.

뉴질랜드 국립공원에는 유리온실이 일곱 개 있고 유리온실에는 하우스 카페가 있다. 그 카페에서 커피와 햄버거를 파는데 사람들이 언제나 꽉 차 있다. 일본에서는 농장 경영에 실패한 사람이 하우스를 크게 지어 그 안에서 식물을 키우며 새들을 날아다니게 하자 관광객들이 몰려오는 명소로 변했다. 새로운 시도와 용기 있는 도전이 변화를 불러오고 지역을 살린다. 미국의 실리콘밸리에서는 마당에서 닭을 키우고 그 닭이 낳은 달걀로 요리하는 것이 부의 상징이라고 한다.

우리나라 세주도 녹차밭에도 100평의 유리온실이 있다. 경기도 비루개 유리온실 식물원은 실패했지만 카페로 만들어 성공하지 않았는가. 유럽 사람들은 골프보다 정원 가꾸기를 더 행복하게 여긴다. 우리나라도 머지않아 정원을 가꾸는 문화가 꽃필 것이다. 유통센터의 '숲카페'와 '희망정원'이 그 길을 가는 데 조그마한 보탬이 된다면 좋겠다.

혹시나 진드기가 달려 있을까 봐 벤자민 나무 잎사귀 뒤쪽까지 기웃거리며 살펴본다. 진드기가 붙어 있는 화분을 집으로 가져가고 싶은 사람이 누가 있겠는가. 유리온실에서는 꽃과 나무를 모두 화분에 심었다. 마음에 들면 바로 사서 들고 갈 수 있는 전시장이다. 나사NASA가 우주선에서 검증했다는 공기 정화에 탁월한 10가지 식물도 전시하고 있다. 봄, 여름, 가을, 겨울의 유리온실은 언제나 식물들이 싱싱하게 초록을 내밀고 꽃이 피는 식물원이다. 도심의 식물원에 꽃 사러 와서 장을 보고, 장을 보러 와서 차도 마시고, 식물원 구경 와서 장도 보고…, 시너지 효과가 클 거라고 예상했다.

온실에서 식물을 생생하게 살아 있게 유지하는 데는 부지런함과 함께 큰 정성이 필요할 것이다. 식물이 시든다면 유통센터가 제대로 관리가 안 된다는 신호일 게 틀림없었다. 벼가 농부의 발자국 소리를 들어야 잘 자라듯 꽃과 나무도 애정을 가지고 보살펴줄 때 한껏 푸르고 아름다운 법이다. 그래서 담당 팀장에게 아기 돌보듯 정성을 쏟아 돌봐달라고 말했다.

'건물 안에 들어가니 놀랍게도 온실 화원이 있어요. 높은 천정에 매달려 있는 꽃 화분들이 눈에 확 들어옵니다.'

'온실형 카페입니다. 초록 식물들을 보니 역시나 쾌적하니 좋드라구요. 저 높은 곳에 있는 꽃들은 도르래를 이용해 관리하는 것 같더군요. 굉장히 넓었고 우드로 마감된 천장과 주변의 인테리어가 눈을 확 사로잡네요. 실컷 구경 잘하고 내려가는데, 그

계단마저 가득한 꽃들….'

'어마어마한 규모의 나무시장과 희망정원이란 명칭이 아깝지 않은 숲카페, 그리고 구매까지 할 수 있어 눈과 코가 행복한 곳입니다.'

'한 쪽 켠엔 화분도 함께 판매, 나무, 꽃, 화초를 구입 후 화분을 고르면 바로 옮겨 심어주기도 합니다. 가격이 저렴해서 화초 좋아하시는 분들은 꼭 찾아보면 좋을 듯.'

'숲카페 안을 포근하게 만들어준 난로까지 어느 것 하나 신경 쓰지 않는 곳이 없는 곳, 숲카페 티숨입니다.'

'따뜻한 차 한 잔과 함께 숲속에서처럼 편안한 휴식을 취할 수 있도록 아늑한 분위기.'

방문자들이 남겨놓은 소감들이 흐뭇하게 미소 짓게 한다.

3장

구절초 사랑

지역 공헌

홍시감을 들고 오신 어르신

서리 맞은 감들이 홍시가 되면 나도 모르게 생각나는 어르신이 한 분 계신다.

산림조합원은 아니지만 정읍 시민 한 나무 갖기 운동에서 나를 보았다며 한번 만나고 싶다고 전화가 왔다. 간곡한 목소리로 밥 한번 사고 싶다고 하시길래 이유를 물었더니 만나서 이야기하자고 하셨다. 바쁜 일이 많다보니 몇 번의 독촉 끝에 만나게 되었는데 어르신은 아주 먹음직스럽고 곱게 익은 대봉 홍시를 하나 그릇에 담아 들고 오셨다.

"내가 봄에 조합장이 준 감나무 덕에 살아났네."

어르신은 자리에 앉자마자 감을 내밀며 말씀하셨다. 그날 들은 이야기는 이랬다.

"지난봄에 산림조합에서 나무를 거저 나눠준다 해서 감나무를 하나 얻어다 마당에 심었네. 그런데 얼마 지나지 않아 마른하늘에 날벼락을 맞았지. 암 선고를 받았지 뭔가. 첨에는 믿을 수가 없고 내가 크게 잘못 산 것도 없는데 왜 나한테 이런 일이 생기는지 눈앞이 캄캄하고 하늘이 원망스럽고. 우두커니 마당에 서서 생각했지. 감나무에 감이 열릴 때면 나는 살아 있을까? 세상을 뜨고 없을까? 그런 생각만 들더란 말일세.

나를 걱정해주는 사람들은 다 내 마음을 제대로 몰라주는 것 같고 날이 갈수록 왠지 나무가 내 맘을 다 알고 있는 것 같아. 그 자리에 삐쩍 마른 몸으로 서서 날이 지나면 잎이 더 피고 잎사귀 사이에 꽃이 피고…. 그렇게 날마다 감나무를 쳐다보고 있으니 그런 생각이 들었네. 사실 교통사고로 오늘 죽을 수도 있고 잠자다가 죽을 수도 있고 하는 것이 인생 아닌가. 잎이 피고 꽃이 피고 열매 맺고 그러고 한 해 살고 또 봄에 잎 피고….

오래 살았다는 생각이 들면서 올해 우리 마당에 와서 처음으로 피는 감꽃을 보았으니 감이 익을 때까지만 살자, 그렇게 마음을 먹었네. 마음도 편해졌지. 그러면서 마음 비우고 수술하고 항암 치료를 받았네. 병원에서도 감을 매달고 선 마당의 감나무가 생각나고. 바람이 세게 불고 비가 쏟아지는 날이면 걱정도 되고. 다행히 치료가 잘 되었고 나는 다시 살아났네. 내가 살아난 것이 꼭 이 감 덕분인 것 같아서 서리 맞아 빨갛게 감이 익으니 나무를 나눠준 김 조합장에게 주고 싶었네."

이야기를 들으며 가슴이 뭉클했다. 그날 나는 맛있는 밥을 대접받았고 차마 먹을 수 없는 홍시를 받아왔다.

사람들에게 나무를 나눠주고 싶은 생각은 조합장이 되기 이전부터 상상하던 꿈이었다. 〈어린 왕자〉의 장미처럼 이 세상에 특별한 자기 나무가 한 그루 있다는 것은 얼마나 멋진 일인가. 말없는 나무지만 때가 되면 꽃이 피고 잎이 돋아난다. 푸른 열매에서 붉은 열매로 익다가 나뭇잎을 떨구고 겨울의 찬바람을 말없이 견딘다. 모든 일에는 때가 있다는 것, 세월이 지나면 성장하고 변화한다는 것, 왔다갔다 갈팡질팡 하는 마음도 묵묵한 나무를 마주보면 정돈되곤 했다.

하지만 처음에는 나무를 선물해줄 엄두를 낼 수 없었다. 당장 직원 월급도 주지 못하는데 공짜로 나무 나눠주기를 어찌 할 수 있겠는가. 하지만 꿈을 잊은 적은 없었다. 2011년부터 조합이 정상궤도에 오르자 나무 나눠주기를 시작했다. 처음으로 나무를 나눠주던 해의 기쁨은 이루 말할 수 없었다.

산림조합에서는 해마다 봄이면 나무시장을 열어 판매를 하는데 첫날에 나무를 무료로 나눠주니 홍보가 저절로 되었다. 산림청에 지원을 요청해서 협찬을 받고 조합에서도 준비한 나무를 시민들에게 나눠주는데 묘목 값으로 1천만원 정도 들었다.

나무를 그냥 나눠준다는 소식을 듣고 산림조합 앞에 사람들이 아침 일찍부터 길게 줄을 섰다. 열매가 열리는 감나무, 사과나무, 매실나무는 나무를 심을 마당이나 땅이 있는 분들이 좋아

나무 나눠주기 행사

했다. 처음에는 땅에 심을 수 있는 품종만 나누어드리다가 아파트 사시는 분들도 화분에 심을 수 있게 품목을 확장해서 다양하게 준비했다. 천리향 같은 꽃나무와 다육식물 등은 인기가 많았다. 해가 갈수록 호응이 좋아지자 우리를 보고 따라하는 산림조합도 생겼다.

　나무 나눠주기 행사는 나무를 받는 시민뿐만 아니라 생산 조합원들에게도 도움이 되었다. 조합원들이 기른 묘목을 조합이 구입해서 나눠주기 때문이다. 산림청에서도 적극 지원을 해주고 직원까지 파견해주어 해가 갈수록 더욱 많은 나무를 나누었다. 그리고 시민들은 무료로 나무 한 그루를 받았지만 그에 그치지

단풍 마라톤 대회

않고 다른 나무나 꽃 화분을 사고, 또한 나무 가꾸기에 필요한 비료나 농약, 꽃삽도 사니, 그것도 산림조합 마트에서 사기 때문에 그 어떤 세일 대잔치보다 판매고가 높았다.

우리는 지역사회에 살고 있기에 임업인이나 조합원뿐만 아니라 시민 모두에게 사랑받는 조합을 만들고 싶었다. 지역사회의 '단풍 마라톤'에도 단체로 참여해서 아름다운 단풍 길을 시민들과 함께 달린다. 벌목한 나무를 손질해 시민들에게 땔감도 나누어주었다.

산에 사는 야생 동물을 위해 눈 오는 겨울에는 먹이 주는 일도 했다. 매해 첫째 주에는 사슴 목장에서 서래봉 내장사에 이르

연탄 봉사활동

는 산행을 하며 쌀과 좁쌀, 수수를 넉넉하게 뿌려주었다. 겨울이
라 먹이 구하기가 어려운 새나 토끼가 조금이나마 도움을 받지
않았을까. 큰 쓰레기 봉지를 들고 걸어가며 쓰레기도 주웠다. 산
림조합 직원이니 산을 더욱 사랑하고 보살펴야 함을 서로 배우
는 기회가 되기도 했다. 봉사활동은 직원들 간의 유대를 강화시
키고 자부심을 심어주었다. 조합경영의 밑거름이 되고 신뢰감도
높여준다.

우리는 때로 큰 고난 앞에 한없이 연약한 사람이지만 그래서

야생 동물 먹이주기

그때 희망을 주는 무언가가 중요하다. 홍시감을 들고 찾아주신 어르신 덕분에 몹시 뿌듯했던 그 늦가을 이후 어르신에게 몇 번 전화를 드리고 안부를 묻기도 했다. 어르신이 가장 힘들었을 때 위로와 희망이 되었던 그 감나무는 지금쯤 더 많은 가지를 뻗었을 것이다. 어르신 또한 감나무를 가꾸고 잘 익은 홍시를 누군가에게 나눠주시며 건강하게 지내실거라 믿는다.

휠체어와 서래봉

내장산에서 가장 유명하고 사랑을 받는 봉우리는 서래봉일 것이다. 옛날 사람들은 뾰족뾰족한 봉우리가 모심기 전 흙을 갈던 써레처럼 생겼다 해서 써레봉이라 했는데 한자로 표기되면서 서래봉이 되었다.

나는 가끔 서래봉 아래 내장산 식물원에서 솔티 마을로 이어지는 생태길을 걷는다. 식물원에서 편백나무 숲을 지나 불출봉에서 흘러내리는 두 개의 계곡을 건너 솔티 마을 숲과 마을로 이어지는 그 숲길은 호젓하고 편하다. 물을 건너고 나무 사이를 지나고 가을이면 쥐밤 몇 톨을 줍기도 한다. 봄이면 분홍 진달래와 생강나무 노란 꽃이 어여쁜 그 길은 유치원 다니는 아이들도 사뿐사뿐 걸을 수 있는 편한 길이어서 좋다.

예전에 솔티 마을 주민들은 지금의 수목원 자리에 밭을 일구었다. 콩과 팥, 메밀과 수수, 고구마가 자라던 밭을 오가느라 지게에 바작을 지고 머리에 점심 소쿠리를 이고 다녔던 지겟길이다. 밭은 식물원이 되었고 지게가 사라진 지도 오래되었다. 산자락 아래는 내장호 둘레 포장도로가 뚫리고 자동차가 빠르게 지나 터널로 사라진다.

다행히 솔티 마을 주민들의 노고로 옛 산길이 산길 그대로 복원되어 생태 숲길로 거듭나 많은 사랑을 받고 있다. 지금도 숲길에는 멧돼지들이 몸을 굴리는 진흙 목욕탕이 있고 목욕을 마친 멧돼지가 시원하게 등을 긁는 소나무가 있다. 소나무는 표피에 멧돼지 털을 달고 멧돼지 노린내를 풍기며 사람들에게 호기심을 불러일으킨다.

산에 숨은 빨치산들이 올라서서 토벌군이 오나 망을 보던 큰 빨치산 바위들과 지금도 오소리가 드나드는 바위틈 오소리굴도 이 산길에 있다. 맑은 물이 흐르는 계곡물에 때로 단풍잎이 떠내려 오고 새가 지저귀는 소리도 들린다. 어린 시절 동무들과 뛰어 다니던 숲처럼 정겨운 그 길은 지금은 국가 지정 생태숲으로 더 많은 사람들이 찾아와 호젓하게 자기 자신과 소리 없이 대화하며 걷는 길이 되었다.

이 길을 걸을 때마다 휠체어 생각이 난다.

어느 해인가, 직원들과 함께 휠체어에 사람을 태우고 서래봉을 넘었던 적이 있다. 땀을 뻘뻘 흘렸지만 산에 온 기쁨이 얼굴 가득 넘치던 그 모습이 잊히지 않는다. JC와 산악구조대, 자원봉

장애인과 함께하는 아름다운 산행

사 학생들, 장애인과 함께하는 아름다운 산행 행사였다. 이후에
도 혼자서는 산에 갈 수 없는 장애인들을 휠체어에 태우거나 등
에 업기도 하며 내장산, 두승산, 칠보산을 찾았다.

그 과정에서 누구나 쉽게 내장산을 오르내리지 못함에 안타
까운 마음이 들었다.

사실 서래봉을 오르는 등산로는 급경사로 몹시 험준한데 정
상을 오르는 길은 서래봉 코스뿐이다. 그러다 보니 내장산 정상
에 올라 멀리 망해봉에서 바다를 보거나 동쪽으로 회문산, 지리
산에 이어지는 능선, 북쪽으로 모악산, 변산과 두승산, 넓은 평
야를 볼 수 있는 기회를 엄두조차 내지 못하는 사람들이 많다.

험한 최단거리를 올라 각각의 봉우리를 정복하는 짜릿한 기쁨도 의미가 있겠지만 누구나 쉽게 숲을 걸을 수 있는 길이 더 많아져야 한다고 생각한다.

옛 사람들이 무거운 짐을 지고 다니던 지겟길은 가파르지가 않았다. 서래봉, 불출봉, 망해봉이 이어진 내장산 외곽을 빙 둘러 누구나 싸목싸목 걸을 수 있는 지겟길을 만들고 싶은 것은 나의 오랜 꿈이다. 휠체어도 편하게 다닐 수 있는 숲길, 노인과 어린이도 즐겁게 걸을 수 있는 숲길, 그 이름을 지겟길이라 부르고 싶다.

내장산은 부가가치가 높은 산이다. 763미터로 그리 높지 않은 산인데도 코스가 가파른 것은 길을 잘못 만들었기 때문이다. 나무 사이로 푸른 숨을 들이마시며 휠체어가 갈 수 있는 길, 어린 아이들이 걸어갈 수 있는 편한 길을 자연 훼손 없이 조성할 수 있다. 산림을 생활로 끌어들이면 행복지수가 높아진다. 관광객도 중요하지만 정읍 시민들도 충분히 누리면서 행복해야 한다.

내장사에 가면 시를 쓰고 그림을 그리는 대우스님이 계신다. 때로 고즈넉한 선방에서 차를 나누며 좋은 말씀을 듣는데 스님의 말씀 중에 잊히지 않는 구절이 있다.

"김 조합장, 추운 겨울에는 창호지 구멍 하나만 막으면 온 방안이 따뜻하다네. 그런 사람이 되시게."

문제의 원인을 정확히 찾아 해결하는 그런 사람이 되라는 말씀인데 그러기에는 부족함이 많다. 늘 깨어 생각하고 방법을 찾으려 골몰하는 것을 멈추지 않으려 노력할 뿐이다. 내장산에 지겟길을 차분히 만들어 볼 날을 기다린다.

스님과 집사와 아나운서

나는 어릴 적부터 재미난 일을 좋아했다. 예기치 않은 일에도 당황하기보다 색다른 기대감이 발동하는 스타일이다. KBS 전주 방송 '행복 도시락' 프로그램 출연 때 각본 없는 드라마처럼 예기치 못한 돌발 상황이 발생했음에도 두고두고 유쾌했던 까닭도 그런 성격 덕분이다.

소합장을 하는 내내 나는 조합을 알리는 일이라면 어떤 무대든 오르는 것을 마다하지 않았는데 어쩌면 일찍이 노래와 곤봉으로 단련된 무대 체질 때문이었을 것이다. 나는 몇 차례 KBS에 출연을 했다. 그 중에서 함윤호 아나운서와 함께 진행했던 '행복 도시락'은 결코 잊을 수가 없다.

'행복 도시락'은 도시락을 직접 만들어서 자신의 인생에서 잊지 못할 분을 연락 없이 찾아가 도시락을 전달하는 프로그램이었다. 출연 요청을 받고 프로그램 작가와 진행 방향을 논의하였을 때 누굴 찾아갈지가 중요한 일이란 걸 알았다.

처음에 나는 장금교회 목사님을 찾아가고 싶다고 했다. 하지만 일주일에 한 번 일요일마다 보는 목사님을 찾는 건 감동의 폭이 크지 않을 것 같다고 패스되었다. 고심 끝에 재수하던 시절 한 집에서 살던 스님 이야기를 했더니 작가의 눈빛이 반짝였다. 스님의 성격과 무용담에 흥미를 느끼는 것 같더니 교회 다니는 집사님이 스님을 찾아가면 참신하고 호기심을 불러일으킬 수 있다고 오케이 사인이 떨어졌다.

스님을 찾는 일이 우선이었다. 법명이 현광으로 현재 스님께서는 광주 증심사 주지로 계신다는 정보를 받고 연락을 드렸다. 그런데 몸이 아프셔서 병원에 입원 중이었다. 몇 년간 잊고 있다가 병원에 계신다고 하니 갑자기 걱정이 되었다. 촬영이고 뭐고 당장 찾아봬야 될 것 같았는데 방송 때문에 그러지 못했다. 프로그램 촬영일에 맞춰 잣죽을 끓여 스님에게 병문안을 가기로 했다.

죽을 끓여야 한다고 생각하니 촬영일이 다가올수록 걱정이 커졌다. 쌀과 잣을 갈아 아내와 집에서 연습을 한 번 하기는 했지만 생방송 중에 죽이 끓어 넘치면 어떡하나, 타면 어떡하나, 간을 못 맞추면 어떡하나 등등 걱정으로 촬영장에서 혼자 할 엄두가 나지 않았다.

하지만 괜한 걱정이었다. 스튜디오에 도착하니 이미 초빙된 전문 요리사가 만반의 준비를 갖추고 촬영장 카메라 밖에 대기하고 있었다. 나도 모르게 안심이 되면서 빙긋 웃음이 나왔다. 셰프가 하라는 대로 불린 쌀과 잣을 갈아 냄비에 저어가며 끓였다. 반찬도 세 가지 만들었다. 잣죽을 보온통에 따뜻하게 담고 반찬통과 도시락을 넣은 후 함윤호 아나운서, 정현정 아나운서, 리포터까지 넷이 병원으로 출발했다.

그런데 문제가 심각해졌다. 병원에 도착하니 밤중이었다. 미리 병원에 촬영 협조를 얻고 카메라와 함께 불쑥 병실에 들어간 함윤호 아나운서가 침대에 환자복을 입고 누워계신 스님을 찾아 대화를 시도했다. 어떤 분이 스님께 도시락을 보냈다고 하며 누가 보냈을지 혹시 생각나는 사람 있냐고 물었다. 그런데 스님께서는 어떤 놈들이 허락도 없이 카메라를 들이대냐며 호통을 치셨다. 이 밤중에 어떤 넋 빠진 놈이 카메라를 가지고 날 만나러 온 거냐며 생각나는 사람 없으니 카메라 치우고 당장 나가라고 벼락을 치는 바람에 카메라 기자와 아나운서 모두 밖으로 밀려났다.

생방송 중에 돌발 상황이 발생한 것이다. 다들 당황스러워 어쩔 줄 몰라 했다. 그래서 내가 먼저 들어가볼 테니 카메라는 조용히 뒤에서 따라오라고 하고 병실 문을 슬며시 밀었다.

내가 늑대바우 과수원 집에서 혼자 재수할 때 현광스님은 떠돌이 스님으로 고향 근처인 동네에 왔다가 어머니가 산에 암자

터를 내주셔서 집을 짓고 사셨다. 후에 알았지만 스님이 집도 절도 없이 떠돌게 된 데는 5·18 민주화 운동과 전두환 신군부 때문이었다.

1980년 가을, 수많은 스님들이 군인들에게 끌려가고 전국의 5천 곳이 넘는 사찰과 암자에 3만 명이 넘는 군인과 경찰이 들이닥쳐 비리를 저지른 스님을 찾는다고 압수수색을 했다. 불교계는 사이비 승려와 폭력배들이 난동을 부리는 비리지대로 전락, 자력으로 갱생할 수 없으니 사회 정화 차원에서 철퇴를 가한다고 발표하고 벌어진 사건이었다. 고문을 당하고 삼청교육대에 끌려간 스님도 여럿이었다.

조계종 총무원장 월주스님이 전두환 지지를 반대하고 5·18 민주화 운동 이후 광주를 찾아 성금을 전달한 것에 대한 군부의 응징이라는 말이 있었다. 월주스님이 누구신가. 고개 넘어 산외 정량리에서 태어나 금산사 주지를 18년이나 하시며 존경받던 큰스님이셨다. 스님께서는 1980년 조계종 총무원장에 취임해 불교계를 개혁하려는 큰 포부를 품고 계셨다. 하지만 10월 27일 신군부에 의해 산산조각 나고 강제로 밀려나 미국으로 쫓겨났다.

광주에서 총으로 사람을 쏴죽인 전두환이 대통령이 되려고 스님들까지 때려잡은 사건은 사람들에게 반감을 불러일으켰다. 현광스님 또한 그러저러한 이유로 철새처럼 떠돌다가 우리 집 산자락에 둥지를 잡은 것이었다.

스님은 집이 있는 동네와 떨어져 독학으로 재수를 하던 나를 하숙생처럼 돌봐주셨다. 스님은 목탁을 두드리며 새벽 예불을 드리거나 날마다 108배를 하고 불경을 외우는 그런 스님은 아니었다. 누가 덤벼들지 못할 정도로 사납고 온갖 욕도 엄청 잘 하시는 분이었다. 승복을 벗고 일상복을 입으면 조폭이라고 해도 나무랄 데 없을 것처럼 보였다.

하지만 나에게는 더없이 따뜻하게 잘해주셨다. 스님은 새벽 네 시면 일어나 아침을 지어 나와 함께 먹었는데 아침마다 밥상에는 큼지막한 굴비가 빠지는 법이 없었다. 예쁘게 생긴 서울 보살님이 오실 때마다 굴비를 가져오셨던 것이다. 아침밥을 먹고 나면 설거지는 꼭 내가 했다.

때로 외지에서 스님들이나 손님들이 오시면 술을 마시며 목청 높여 욕을 하고 대화를 나누었는데 들어보면 전두환 대통령 욕이 많았다. 전두환이 일으킨 법란에서 현광스님은 다행히 잡혀가진 않았지만 수배를 벗어나지 못했던 것 같다. 주지 스님 자리에서도 쫓겨나 오갈 데 없어 고향으로 돌아오신 것이었다. 그때 당시 스님은 술과 고기, 자동차에 보살님까지 거칠 것 없는 자유인이었다.

구절재가 비포장 길일 때의 일이다. 하루는 스님의 자동차가 냄비처럼 쭈그러진 사고가 있었다. 스님이 자동차를 몰고 오는데 산내 우체국장이 흙먼지를 일으키며 앞서가자 그 차를 추월

하기 위해 맹렬하게 추격하다 들이박아 차가 쭈그러진 것이다. 그런데도 스님은 오히려 우체국장과 대판 싸우고 차를 새로 물어내라 억지를 부리시기도 했다. 내가 보기엔 참으로 희한한 스님이었다. 전두환이 정화시키겠다고 말했던 진짜 사이비 폭력배 스님인지도 몰랐다. 몇 년을 그렇게 기행을 일삼으며 사시던 스님은 내가 군대에 다녀오니 바람처럼 떠나고 없었다.

세월이 흘렀고 나는 스님을 다시 만나지 못했다. 그러다 보니 스님이 과연 나를 기억하고 계실지 어쩔지도 몰랐다. 생방송 중인데 나도 모른 체하면 어떡하나, 스님 성격에 무슨 일이 일어날까 걱정하며 스님 침대로 다가갔다.

"스님, 저 민영입니다. 산내 수침동에서 살던…."

말이 채 끝나기도 전에 스님이 침대에서 벌떡 일어나셨다.

"이게 누구냐. 우리 민영이 아니냐. 니가 어찌 알고 나를 찾아왔냐?"

노인이 되신 스님은 울면서 나를 껴안았다. 카메라맨은 얼굴 가까이 성큼 카메라를 들이댔고 아나운서들의 얼굴에도 안도의 꽃이 피었다.

스님은 마치 잃어버린 아들이 찾아온 것처럼 따뜻하게 내 손을 잡고 죽을 드셨다. 이날 함윤호 아나운서도 나도 용돈을 받았다. 생방송 중이어서 안 된다고 극구 사양했지만 스님은 내가 주고 싶다는데 왜 안되냐며 나는 가진 게 돈밖에 없다며 끝까지 돈을 손에 쥐어주셨다. 헤어져야 할 순간이 되자 나도 늙으신 아버지를 두고 오는 듯 눈물이 났다.

용돈까지 받고 집에 도착하니 밤 12시였다. 감동적이었다는 시청자들의 의견이 많아 제작진들도 뿌듯해 했다. 지금 스님은 돌아가셨지만 스님이 기거했던 산자락의 집 마당에는 해마다 감나무에 감이 열리며 그 자리에 여전히 남아 있어 스님을 기억하게 한다.

스님 덕분에 그날 이후 나와 함윤호 아나운서는 지금껏 형제처럼 오가며 지낸다. 함윤호 아나운서는 서울에서 대학을 나와 KBS 방송국에 공개 채용으로 합격했는데 면접에서 고향 전주로 내려가겠다고 답한 친구다. 자신을 금쪽같이 여기는 할머니 가까이 살기 위해서였다. 서울에서 살면 할머니 얼굴을 평생에 몇 번이나 더 보여줄 수 있을까, 할머니에게 기쁨을 주는 것보다 더 중요한 일이 따로 있을까, 그런 생각을 하며 고향인 산골 구이로 돌아온 대단한 친구다.

구이 시골집에서 전주 방송국으로 버스를 타고 가는데 함윤호 KBS 아나운서 합격 축하 현수막이 어찌나 많이 달려 있던지 방송국에 첫 출근하는 날, 사람들이 함윤호가 누구냐고 찾아다니며 물어봤다는 유명한 이야기의 주인공이다. 함윤호 아나운서는 정의감이 있고 마음이 참 따뜻해서 배울 점이 많은 후배다. 정읍체육센터에서 열린 산림컨설팅대회 사회도, 로컬푸드 오픈식 사회도 요청 즉시 두말 않고 달려와 사회 진행을 맡아 자리를 빛내주었다.

구절초 축제 때는 사회를 마치고 어머니가 부침개를 부쳐 파는 수침동 동네 부스에 가서 농담까지 건네 사람들을 웃게 해준 일을 어머니는 몇 번이나 자랑했다. 텔레비전을 틀면 나오는 아나운서가 몸소 찾아와 동네 사람들 다 보는 앞에서 어머니라고 불렀으니 두고두고 이야깃거리가 아닐 수 없었다. 지금도 가끔 시골집으로 찾아와 소주 한 잔씩을 하며 현광스님에게 생방송 중에 쫓겨났다가 용돈까지 받았던 이야기를 우리는 나눈다.

▷▷▷ 04 ▷▷▷
아내와 나

"표고버섯 종균, 그것 한번을 안사주고 조합장을 퇴임했네. 우리 시골집에 널린 것이 참나무 등걸인데, 나도 종균 심어 표고버섯 키워서 사람들에게 나눠주고 인심 쓰면서 먹고 싶은데, 조합장 부인이 되어갖고 나눠주지는 못하더라도 얻어먹어야 하겠느냐고? 그것 한번을 안사주다니…."

아내는 조합에서 이른 봄에 신청해서 구입할 수 있는 표고버섯 종균을 서너 판 구입하고 싶어 했다. 표고버섯을 직접 신청해서 구입할 수도 있었겠지만 조합장인 남편에게 폐가 될 수 있을지 모른다는 생각에 이제나 저제나 내가 구입해줄 때까지 기다린 것이 그만 퇴직을 하고 만 것이다.

조합장직에서 퇴임 때까지 18년 동안 아내는 한 번도 표고버섯 종균을 얻지 못했다. 버섯 반찬이 밥상에 나오면 난 그 소리가 나올까봐 버섯 반찬이 무섭다.

나는 조합에 관한 일이라면 모든 것을 가족보다는 조합원을 우선시 했다. 지금까지 단 한 번도 그 흔한 사은품 하나 집에 가져다준 적이 없다. 그런데 어느 날, 아내가 산림조합에서 여성 조합원에게 나누어준 적이 있는 밀짚모자를 쓰고 자랑을 했다. 사연은 이랬다.

조합원 교육을 갔던 아내 지인이 우리 시골 벌통바우집에 놀러왔다가 도리어 자신이 쓰고 왔던 산림조합에서 받은 밀짚모자를 아내에게 벗어준 것이다. 난 그런 면에서는 영점짜리 남편이다. 18년 동안 가정에는 거의 신경을 쓰지 못했다.

구절초축제위원장을 할 때의 일이다. 어느 날, 아내가 친구들과 구절초 구경 가는데 티켓을 몇 장 주면 안되겠냐고 했다. 남편이 위원장이다 보니 지인들과 함께 올 때는 아내가 종종 식사를 대접하는 경우가 있었다. 축제 때 위원장에게 주는 식사 티켓을, 난 받은 즉시 직원들에게 나누어주었기 때문에 아내에게 돌아갈 티켓은 없었다. 그 흔한 기념품도 집에 가져오지 않았다. 흐트러지지 않았다. 가족, 형제, 지인들에게 있어 목마른 직업이 조합장이다. 아버지께서 소를 팔아서 가끔 지원해주셨다.

지금까지 가족 모두가 함께한 해외여행은 유일하게 한 차례 다녀온 적이 있다. 고향 친구들과 함께 30년 넘게 지속해온 여행계 모임에서다. 10여 전에 3박 5일간 홍콩, 마카오 등지로 패키지여행을 다녀왔다. 덕분에 난 가족들에게 해외로 가족여행 한

번 못 다녀왔다는 원망은 피할 수 있게 되었다. 그때 이후로 여행이 계속되지 못해 친구들에게도 미안했다. 늘 그 자리에서 나를 응원해준 친구들과 그 가족들에게 고맙다.

내가 오직 산림조합 조합장 일만 전념할 수 있었던 것은 아내 역할이 컸음을 부인할 수 없다. 묵묵한 아내의 뒷받침이 있었기에 어디 가나 대접 받고 살 수 있었다. 어느새 훌쩍 커버린 세 아이는 정읍에서 직장생활에 전념하고 있다. 아이들이 대학 가면서 십여 년을 흩어져서 살다가 이제는 모두가 함께 생활하게 되어 부모로서 참 고맙다. 그동안 아내는 각지에서 자취생활을 하는 아이들의 반찬거리며 생필품을 장만해서 택배로 보내거나 찬거리를 날라다주며 뒷바라지 했다. 그런데 다섯 식구가 한곳에서 살게 되니 아내의 수고가 줄어든 것이다.

내가 인터뷰를 하러 방송에 나가면 방송 문답을 정리해주는 이도 아내였다. 내가 핵심 요점만 메모해놓고 출근하면 맥락을 구성하고 적합한 문장을 준비해 원고를 작성해줬다. 직원들에게 그런 것까지 맡길 수는 없었다. 집안 일 외에도 아내는 비서처럼 조합 일까지 도와준 것이었다.

조합장 부인인 아내는 넉넉한 살림을 할 만큼의 여유는 없었다. 목돈이 필요할 때 나에게 슬쩍 말할 때도 있었지만 돌아오는 대답을 미리 알기에 아내는 더 이상 채근하지 않았다. 내 월급은 조합의 예비통장으로 경리부 직원이 가지고 있었다. 시골에서 어르신들이 물건 사러 왔다가 돈이 모자라 물건을 사지 못하는 경우가 종종 있었다. 시골 분들은 카드보다 현금을 쓰시는데 돈이 부족하면 시골 집에 갔다가 다시 시내까지 나와야 했다. 그럴 때면 매장 직원들이 넌지시 조합장님 앞으로 외상을 달아놓을 테니 꼭 갚으시라고 하며 물건을 건네주었다. 마감은 그날로 맞춰야 하니 내 통장의 돈이 그날의 수입과 지출을 맞추는 비상자금으로 쓰였다.

아내는 친구들과 모였을 때 남편이 와서 밥값 한 번 긁어주는 것이 소원이었다. 다른 남편들은 간혹 그러기도 하는 모양이었다. 그 소원을 한번 들어주지 못하고 퇴직했다. 아내는 나에게 산림조합에 인생을 건 사람이라고 자식이나 집안일은 딴 나라 이야기하듯 한다고 말했다. 더 솔직히 말하면 아내는 나에게 조합에 미친 사람이라고 했다. 내 머릿속엔 오직 조합밖에 없었다. 지금 생각하면 조합 중독자였다. 조합을 두고 휴가를 떠나는 것도 재미가 없었다.

조합에서는 내가 조합장이었다면, 조합을 그만두고 집에 돌아오니 어느새 아내가 집안의 내무대장이 되어 있었다. 내무대장이 지난날을 가끔 푸념해도 달게 들어야지 어쩌겠는가. 시간 여행이 가능해 다시 조합장 시절로 돌아간다고 해도 그리 바뀌지는 않을 것 같다. 아무리 VIP 조합원이라 강조해도 조합원 이전에 아내이지 않겠는가. 공과 사는 애초에 구분되어야 편하다.

구절재 똘감나무 가로수

칠보는 예전부터 감으로 유명했다. 임금님께 홍시를 진상했다는 기록이 남아 있을 정도다. 마을마다 집집마다 감나무 없는 집이 드물었고 마당에 없으면 뒤란이나 담장 밖에 꼭 두세 그루씩 서 있었다. 지금도 감나무는 변함없이 서 있지만 따먹는 손이 드물어 까치들의 잔칫상으로 겨울을 난다.

구절초 필 무렵부터 눈 내리는 한겨울까지 칠보, 산외에서 산내 구절초 공원으로 가는 구절재 길 가로수도 감나무다. 구불구불 휘어지는 포장도로 양쪽으로 감들이 빨갛게 익는다. 동그랗고 작은 십촉 전구 같은 똘감이 낭떠러지에 심어진 사연에 대해 사람들은 사뭇 궁금해한다. 저 감나무가 저절로 싹이 난 것인지 아니면 저렇게 험한 낭떠러지에 누군가 심은 것인지. 일정 거리로 줄지어 이어지니 저절로 난 것이 아님은 틀림없다. 그 감나무들은 시에서 사업비를 받아 우리 산림조합에서 심었는데 구절재 구비처럼 곡절이 많았다.

사실 산내와 칠보를 잇는 애초의 구절재 길은 지금의 포장도로가 아니었다. 칠보 행단 살구나무 마을과 전봉준 장군의 할머니와 아내의 무덤이 있었다는 조금실 마을로 이어진 길이 비포장 구절재였다. 지금은 누구나 차를 타고 다니니 마을과 마을을 잇던 오솔길은 흔적으로 남아 있을 뿐이다.

일제강점기에 생긴 신작로도 지금의 구절재 길이 아니고 옥정호 취수구에서 칠보발전소로 난 길이었다. 6·25전쟁 와중에 그 신작로 길을 구비구비 돌아 아버지는 쬐끄만 발로 두 시간을 걸어 칠보로 국민학교를 3년 동안 다니셨다. 집이 있던 수침동은 빨치산의 점령지로 살 수가 없어 강 건너 너듸로 피난을 했던 시절이었다. 해 뜨는 낮에는 물을 건너가 종석산 산비탈 밭에 농사를 짓고 해가 저물기 전에 다시 강을 건너왔다.

그 전쟁 시절의 아버지는 죽 한 그릇도 배불리 먹지 못하고 도시락은 아예 생각할 수도 없었다. 학교 오가는 산길에서 칡을 캐먹고 삘기와 찔레순을 끊어먹고 진달래꽃도 따먹으며 걸어 다녔다. 학교가 끝나 집까지 걸어오면 해가 저물어 어둑어둑했다고, 그래도 사방에 감나무가 많아 6월이면 감꽃이 지천이었다고, 막 떨어진 싱싱한 감꽃은 달착지근해서 한 움큼씩 주워 먹으며 배고픔을 달랬다고, 그래서 늘 감나무를 보면 고맙다는 생각이 든다고, 언젠가 아버지가 하신 말씀이다.

감나무는 돈 나무이기도 했다. 칠보, 산외, 산내 사람들에게 감은 돈맛을 알게 해준 보배였다. 감이 익기도 전인 음력 7월에 바닷가 뱃사람들이 와서 미리 와서 선금을 주고 가마니째 사갔다. 땡감을 으깨어 그물에 감물을 들이면 그물이 질겨져 오래간다고 한다. 감에 뜨거운 소금물을 붓고 떫은맛을 우려낸 뒤 배 타고 바다에 나갈 때 식량처럼 가져갔다. 물고기를 잡으러 먼 바다에서 며칠을 머물 때 우리 감은 식량 노릇을 했다.

해방 후에도 사람들은 집집마다 모여 감을 깎아 곶감을 매달았다. 산외, 산내는 산에 둘러싸인 탓에 기온이 차가워 감이 단단하고 쉽게 무르지 않고 맛도 달다. 칠보 곶감은 당도가 높아 설탕가루 같은 분이 하얗게 피어 비싼 값에 팔려나갔다.

우리 집 산에도 감나무가 많았다. 나의 고조부, 증조부께서 심으셨다고 한다. 까마귀 머리 모양처럼 생겼다 하여 오두봉이라 이름 붙은 종석산 봉우리 아래 우리 산은 복숭아, 사과 과수원이었다. 과수원 안에는 벌통바우라는 큰 바위가 있는데 그 바위에 빈 벌통을 가져다 놓으면 복숭아꽃, 사과꽃에 잉잉거리던 벌들이 들어가 집을 짓고 꿀을 채웠다.

바람이 불지 않고 안온하여 내 어린 시절에도 사람들이 많이 살았다. 난리를 피해 강원도에서 오셨다는 분들이 산꼭대기까지 화전밭을 일궈 땅을 파먹고 살았던 곳이다. 옥수수를 심고 담배도 많이 심었다. 한지를 만드는 닥나무도 베어다 팔았다. 그 산이 좋은 터라 늘 사람이 산다고, 열일곱이나 되는 사람들이 산을 파서 먹고 산다고 할머니는 말씀하셨다.

나도 어린 시절 우리 산밭에 감을 사러 온 사람들 구경을 하곤 했다.

사람들은 버드나무로 만든 큰 바작을 지게에 펼쳐 얹고 왔다. 200가마니 넘게 감을 따서 팔았다. 감 장수들은 소가 끄는 달구지에 감을 싣고 신작로를 지나 낙양리 감산으로 간다고 했다. 감산에는 감을 가마니째로 쏟아부어 한 번에 다 우릴 수 있는 큰 항아리가 있다고 했다. 뜨거운 소금물을 감이 잠길 만큼 부어 떫은맛을 우려내면 소매꾼들이 와서 감을 광주리에 받아이고 다니며 팔았다. 외국에서 과일들이 수입되기 이전이었으니 감은 누구나 쉽게 맛보는 과일 중의 과일이었다. 겨울이 다가올 무렵 홍시가 익으면 광주리에 홍시를 받으러 오는 사람도 있었다. 감나무가 없는 들판 동네로 이고 가거나 장에 가서 판다고 했다.

어릴 때부터 감도 많이 먹었다. 도시락 반찬으로 된장에 박은 감 짱아찌는 샛노랗게 달큰했다. 여름에는 소금물에 우린 감을 먹었고 가을에는 나무마다 익은 홍시를 원 없이 먹었다. 곶감으로 건조해가는 감이 삐들삐들 물기가 걷혔을 때 쏙 빼먹으면 그렇게 달 수가 없었다. 분이 핀 곶감을 설이나 제삿날에 친구들과 사탕처럼 나누어 먹었다. 곶감의 단맛은 울던 아이를 달랠

만큼 달았다. 주머니에 말린 감 껍질을 두둑하게 넣고 나가 연을 날리거나 팽이를 칠 때 동무들과 나눠 먹는 맛도 좋았다.

감에 대한 이런 추억들 때문에 나는 감나무를 좋아한다. 발그레 익어가는 감은 예쁘면서도 마음을 포근하게 해준다. 구절재가 완공되고 구절재 양쪽에 가로수를 심는 사업이 시작될 때 시에서는 단풍나무를 심으려 했다. 나는 칠보 구절재에는 칠보의 상징인 감나무를 심는 게 더 적합할 거라고 생각했다. 그래서 칠보에서 살았던 소고당 고단紹古堂 高端, 1922~2009의 가사 〈산외별곡〉에도 파라시를 임금님께 진상했다는 기록이 있다고, 〈대장금〉의 장금이가 음식 솜씨를 인정받은 까닭도 산내 홍시를 가져다 단맛을 내는 조미료로 김치를 담았기 때문이라며 감나무를 구절재 가로수로 식재하자고 주장했다.

"칡넝쿨이 감나무를 감아 살 수가 없을 겁니다."

"칡넝쿨에 지지 않을 정도의 큰 감나무를 심으면 됩니다. 그리고 5개년 계획 풀베기사업을 넣어 일자리도 만들고 관리를 철저히 하면 됩니다."

"벼랑에 구덩이를 파는 데 너무 힘들지 않겠습니까?"

"포클레인으로 구덩이를 파고 심으면 됩니다. 요즘 같은 세상에 삽으로 팔 일 있습니까?"

"사람들이 감 따겠다고 하다가 혹시 낭떠러지에서 사고라도 나면 위험하지 않겠습니까?"

"보기에는 예쁘지만 먹잘 것은 없는 똘감나무를 심으면 됩니다. 똘감나무가 갈수록 사라지니 옛 정취를 잘 살려줄 것입니다."

강력하게 밀어붙인 덕분에 구절재 양쪽은 똘감나무가 심어졌다.

큰 감나무를 심으면 크고 보기도 좋을 거라 생각하는 분이 계시지만 그렇게 되면 혹시 감을 따겠다고 차를 세우고 위험하게 감나무에 접근하는 사람들이 생길 수 있어서 아무도 탐을 내지 않는 똘감나무를 심었다. 감나무는 칡넝쿨에 지지 않고 건강하게 잘 자라고 있다. 감나무의 감들은 눈이 오는 겨울에도 새나 멧돼지 같은 짐승들의 먹이가 되니 더 좋다.

가끔 저물녘에 구절재를 올라 집으로 갈 때 의젓하게 자리 잡은 감나무를 본다. 허궁실 마을을 지나 매죽리를 휘돌아온 강물이 흐르는 다리를 건널 때면 감들이 불을 켜고 기다리는 듯해서 마음이 따뜻해진다. 감나무가 더 자라면 구절재 오르는 길은 온통 빨간 등을 매단 감나무 트리로 아름다운 길이 될 것이다. 나무는 채 백 년을 살지 못하는 사람보다 몇 배는 더 산다. 구절재 똘감나무가 오래오래 잘 살아남아 정읍시의 칠보면, 산외면, 산내면이 감나무의 고장이란 걸 알려주는 랜드마크가 되기를 바란다.

구절초 공원에는 구절초가 없었으나

가을 이른 아침 옥정호는 호수 가득 물안개가 피어오른다. 이런 날 근처 구절초 공원은 새벽부터 달려온 사진작가들로 가득 찬다. 날씨가 몹시 차가운데 무거운 카메라를 들고 꽃과 안개와 아침 햇살이 만나는 순간을 포착하기 위해 사진사들은 어사 출두하듯 숨을 죽이고 있다.

구절초 축제는 처음 산골 오지 마을인 산내면의 지역 활성화를 위한 '경관농업 직불제' 사업으로 시작되었다. 당시 산내 주민들이 자발적으로 위원회를 구성해 추진했다. 제1회 옥정호 구절초 축제는 2005년 10월 8일에서 9일까지 이틀 동안 개최되었다. 개천절이 끼어 있는 공휴일에 방문객 수는 만 명이 넘었다.

봄 벚꽃, 가을 구절초 꽃 축제를 위해 정읍시는 산내 옥정호 근처 허궁실 산마을 다랭이논에 구절초를 심었다. 논 가운데 핀 아름다운 구절초는 익어가는 가을 벼와 허궁실 입구 산들의 단풍과 은빛 억새와 조화를 이루어 운치가 있었다. 그런데 다음해 여름 장마에 구절초가 모두 죽어버렸다. 구절초는 원래 산속의 반그늘에서 피는 꽃으로 습기를 좋아하지 않는다. 까맣게 죽어버린 구절초를 되살릴 수가 없어 2006년에는 구절초 축제가 취소되는 불운을 겪기도 했다.

나는 구절초 꽃을 보며 좋아하던 사람들의 모습이 인상적이었고 우리 고유의 꽃 구절초가 우리 산야와 잘 어울린다고 생각했기에 구절초 축제가 취소된 것이 몹시 아쉬웠다. 그리고 사람들이 구절초 축제를 아주 포기해버릴까 봐 조바심도 났다. 구절초가 잘 살 수 있는 환경만 갖춰주면 틀림없이 사람들의 마음을 사로잡을 수 있으리라는 생각이 들었다.

나는 오래전부터 종석산 서쪽 산 능선에 자리 잡고 있는 매죽리가 더없이 아름답다고 생각했다. 옥정호로 흐르는 매죽천은 안동 하회마을처럼 산자락을 물굽이로 빙 돌았다. 노루목을 건너는 징검다리와 맑은 물이 거울인 양 비추며 우뚝 솟은 망경대, 노루목 건너 어우러진 소나무 동산은 누가 보아도 한 폭의 산수화였다. 더구나 물안개가 피는 철에 구절초도 핀다. 옥정호 붕어섬이 어떻게 유명해졌던가. 물안개를 찾아 국사봉에서 진을 치는 사진사들로 인해 붕어섬이 전국에 알려지지 않았던가. 물안개와 소나무와 구절초라면 환상의 조합이 되리라는 촉이 왔다. 사진사들만 몰려들어도 구절초 꽃은 전국적으로 소문나리

우리의
산과 들에
잘 어울리는
구절초

라는 생각이 들었다.

산림조합 조합장을 하면서 나는 많은 나라들이 꽃 하나로 얼마만큼 큰 부가가치를 올리는지 잘 알고 있었다. 무엇보다 구절초 꽃은 벚꽃보다 꽃이 피어 있는 시간이 훨씬 길다. 추석 무렵에 꽃이 피기에 명절 관광객 특수도 누릴 수 있고 단풍 드는 철이니 내장산 단풍과도 연계하면 시너지 효과가 클 것이라고 예상했다.

그러나 안타깝게도 소나무 동산 그 어디에도 자생하고 있는 구절초 꽃은 단 한 송이도 찾아볼 수 없었다. 이곳이 혹시 구절초가 자라기에 생육조건이 맞지 않는 건 아닐까? 하지만 다행히 구절초 생육지로 더할 나위 없이 조건은 좋았다. 소나무만 자라고 있는 산에 운치 있게 소나무 그늘에 구절초가 꽃을 피우는 상상을 하자 환상적인 풍경이 그려졌다. 소나무 숲에 구절초를 심어 가장 자연스러우면서도 서정적인 느낌이 나는 꽃 축제가 당장 머릿속에 그려졌다.

한 해를 건너뛰고 2007년에 제2회 옥정호 구절초 축제가 산내면 매죽리 망경대에서 열렸다. 산내면종합개발협의회 주최였다. 4만 명의 관광객이 찾았다. 나는 가슴이 뛰었다. 사람들의 얼굴에서 내년에는 세 배가 넘는 사람이 오리라는 믿음이 왔다.

다음해 2008년 옥정호 구절초 축제는 사흘로 축제기간을 하루 더 늘렸다. 꽃이 있는 풍경뿐 아니라 예술 공연과 농촌 체험을 더했다. 20만 명 이상이 방문한 것으로 집계되었다. 2009년 제4회 옥정호 구절초 축제는 기간이 6일로 늘어났다. "솔숲 구절초, 이 가을 최고의 서정抒情!" 시적으로 정서를 울리는 홍보 문구가 나왔다. 방문객 수는 30만 명.

2010년부터 정읍시는 '정읍구절초축제'로 이름을 바꾸고 구절초 축제가 동네 축제가 아니라 정읍시의 대표 축제임을 알렸다. 구절초가 있는 산골짜기에 사람이 오면 지역경제에 도움이 되고 규모가 커지다 보니 시에서 주관하게 되었다. 축제 기간도 9일로 늘어났다.

공식적으로 구절초축제위원회도 발족하고, 축제위원은 부시장, 국장, 이·통장협의 회장, 산내면개발위원장, 과학대학 교수, 전주대학 교수 등 정읍지역에 애정을 가지고 지역발전을 위한 심도 깊은 협의가 가능한 각계각층 인사들로 구성되었다. 위원 15명이 협의해서 위원장을 선출하는데 2014년도에 내가 구절초축제위원장으로 선출되었다. 다행히 축제 위원장을 맡으면서 축제의 규모와 인지도도 꾸준히 높아가고 있다.

구절초 공원은 자연과 사람과의 조화로움이 가능한 곳이다. 따라서 자연경관이 수려한 천혜의 조건을 간직한 곳 망경대 일원에 '솔숲 구절초 공원'을 조성하면서 가장 자연스럽고 아름다움이 묻어나올 수 있게 동선을 짰다. 지나치게 인위적인 시설은 시간이 지날수록 본래의 모습을 잃어버리고 때가 타고 부서지

제10회 정읍구절초축제 기념식

게 마련이다. 그리고 다시 본래의 모습으로 복구하는 데에도 많은 인력과 예산이 투입된다. 고쳐도 흔적이 남아 본래의 모습을 되찾기가 어렵다. 그러나 자연스러운 것은 계절이 바뀌고 풍파가 있어도 새로운 아름다움을 준다. 구절초 공원은 인위적인 것을 최대한 배제하여 꼭 필요한 것만 최소한으로 구성하여 천혜의 자연경관을 방문객들이 누리게 조성했다.

또 지나치게 행사에만 치중한 것이 아니라 지역주민들과 내방객들이 상생의 조화를 이루도록 관심을 기울였다. 주민들이 생산한 그 지역의 색깔 있고 품질 좋은 먹거리들을 드시면서 도시민과 지역민이 연결되는 지점을 극대화하기 위해 최대한 머리를 모았다. 어느 해에는 관광객들로부터 입장료 5천원을 받았지만 3천원 쿠폰을 관광객들에게 주어서 그걸로 먹거리나 농산품을 살 수 있도록 했다. 나름 효과 만점이었다.

해가 지날수록 소나무 아래 구절초 꽃들은 뿌리를 깊게 내리고 꽃을 피우는 면적도 넓어져간다. 무엇보다도 나는 구절초 꽃을 보며 어릴 적 시골에서 흔히 보아온 것, 화려하지 않은 아름다운 것, 가장 '촌'스러운 것으로 많은 사람들이 자연스러운 서정과 향수를 느낄 수 있었으면 했다.

구절초 축제의 성공으로 2017년도에 지역축제대상을 수상하였으며 2018년에는 구절초 지방정원으로 지정을 받았다. 지방정원은 3년간의 운영 결과에 따라 국가정원으로 지정받을 수 있다. 현재 우리나라 국가정원은 1호가 순천만(2015년 지정)이고, 2호가 태화강(2019년 지정)이다. 현재 코로나19 사태로 인해 2년 연속 구절초 축제를 열지 못하고 있지만 국가정원으로 지정받을 수 있게 더욱 내실을 기해야 한다.

4장

아무도 울지 않는
밤은 없다

삶의 시련들 앞에서

내장산 워터파크 도시숲

내장산 워터파크 옆에 조성된 '편백숲'은 시원스럽게 쭉쭉 뻗은 편백나무 사이로 구불구불 걷기 좋은 오솔길과 무료로 사용할 수 있는 평상들이 있어 정읍 시민은 물론 워터파크와 문화광장을 찾은 탐방객들에게 빼놓을 수 없는 휴식공간으로 자리했다.

2011년 물테마파크 공원 뒤로 내장 저수지 둑이 그대로 노출되어 정읍시에서는 그곳에 도시숲 조성 차원에서 나무를 심기로 하고 우리 산림조합에 조경을 맡겼다. 우리는 편백나무 숲을 조성하기로 했다.

숲에 가면 신선한 향기와 함께 머리가 맑아지고 기분이 좋아지는 느낌이 든다. 이는 바로 피톤치드phytoncide의 영향 때문인데, 피톤치드를 내뿜는 대표 나무로 편백나무가 꼽힌다.

측백나무과에 속하는 편백은 천연 항균 물질인 피톤치드 함량이 높아 살균 작용이 우수한 나무로 꼽힌다. 또한 아토피나 천식 등을 치료하는 데도 도움을 주는 것으로 알려지면서, 다른 나무들에 비해 높은 부가가치를 자랑한다. '편백나무가 우거진 숲에는 해충을 찾아볼 수가 없다'는 말이 있다. 편백나무가 뿜어내는 피톤치드가 나무를 갉아먹는 해충이나 병원균을 쫓아내서 건강한 숲을 만든다는 뜻이다. 그런 이유로 내장 저수지 위쪽 내장산 수목원에 편백나무 숲이 조성되었다.

그런데 문제가 발생했다. 5m 이상 높이의 편백나무가 필요한데 전국적으로 보유자를 조사한 결과 구하기가 매우 힘들었다. 급작스럽게 편백나무에 대한 관심도가 높아졌지, 그전에 편백나무는 오로지 산에 심는 나무로 조경을 목적으로 키워 판매하는 사람이 거의 없었다.

갑자기 피톤치드 효과가 알려지면서 지자체마다 인기가 솟구치다 보니 편백나무를 구하기가 어려워졌다. 저수지에 어린 편백나무를 심어서는 케텐 기대효과를 낼 수가 없으므로 20년 이상 된 큰 편백나무를 한두 그루가 아닌 수백 그루를 찾아야 하는 실정이다. 이렇게 되면 나무 값은 물론이고 캐서 옮기는 경비도 만만치 않을 것이다.

다행히 정읍 가까운 부안에서 임야에 있는 편백나무 숲에서 나무 솎기를 한다는 소식을 접하게 되었다. 그 나무들을 캐오기로 했다. 나무는 충분히 키가 커서 아주 훌륭한 경관을 연출했다. 침엽수림은 활엽수림처럼 뿌리를 깊게 뻗는 것이 아니라 얕게 뻗기 때문에 혹시 모를 태풍에도 끄떡없도록 나무와 나무 사이에 지지대를 세우고 대나무를 연결해 숲 전체가 한 덩어리가 되게끔 만들었다.

나는 수시로 나무 심는 현장을 방문하여 공사가 잘 진척되고 있는지 꼼꼼히 살폈다. 침엽수림만으로 단조로울 수 있어 색색이 고운 단풍나무와 영산홍, 철쭉 같은 꽃나무도 사이사이 예쁘게 식재해서 정원의 풍모를 만들었다.

숲이 완성되자 그 뿌듯함이란 자식들의 대학 졸업식을 보는 듯했다. 어떤 바람에도 나무가 쓰러지지 않도록 철저하게 준비하고, 가뭄에도 대비해 관정을 파고 스프링클러를 설치하였다. 활착을 돕기 위한 약제도 수차례 살포했다. 6억 7,500여 만원의 예산을 들여 정읍시가 발주하고 산림조합이 조성한 워터파크 도시숲은 1만 5,800m² 면적에 편백과 화백나무 785본, 단풍나무 179본을 식재하고, 670m의 산책로까지 정비한 후에 마무리되었다.

편백나무 숲을 조성한 다음 해인 2012년 태풍 '볼라벤'이 찾아왔다. 정읍시에 큰 피해를 남긴 볼라벤의 위력에 가로수, 농작물, 건물 등이 쑥대밭이 되고, 30년 넘은 내장산 편백나무들도 수없이 쓰러졌다. 나는 밤새 잠을 이룰 수가 없었다. 가족들의 만류에도 한밤중에 태풍을 뚫고 나무를 식재한 현장으로 향했다. 그러나 산림조합에서 심은 편백나무들은 단 한 그루도 쓰러지거나 뽑히지 않고 태풍의 위력을 무사히 이겨냈다. 정성 들여 나무를 심고 지주목과 대나무를 엮어 쓰러지지 않게 꼼꼼하게 준비한 덕분에 아무런 피해 없이 지나간 것이다.

해가 지날수록 편백나무들은 쑥쑥 자라 피톤치드향이 짙어지고 그늘이 더 시원해졌다. 가끔 슬그머니 그 숲에 들어가 평상에 누워 나무 사이로 하늘을 보며 뿌듯한 기분과 함께 깊은숨을 들이마시는 기쁨이 컸다.

대나무로 연결한 편백나무

02

큰 산이 되고 싶었으나

그날을 잊기는 어려울 것이다. 전국산림조합중앙회장 선거가 있던 2020년 1월 그 겨울날. 나는 4선 정읍산림조합장을 마무리하고 전국산림조합중앙회장에 도전했다. 펄떡이는 자신감이 있었다. 나의 이상을 폭포처럼 쏟아냈던 후보 연설문을 나는 지금도 가끔 다시 꺼내 읽어본다. 나의 모든 것을 쏟아붓고 간절하게 열망했던 눈부신 순간이 고스란히 담겨 있는 글이다.

산림조합의 새로운 미래 김민영입니다

안녕하십니까?
소녀 대장금이 약초 캐던 깊은 산골에서 태어난 김민영입니다.
여기 계신 조합장님들처럼
저도 어린 시절 지게 지고 나무하고 망태 메고 소꼴 베며 자랐습니다.

흰 눈 쌓이는 겨울이면 동무들과 산토끼몰이를 하고
배고픈 봄날에 진달래꽃을 따 먹으며 산골 소년은
산이 좋아 늘 산山 같은 사람이 되고 싶었습니다.
36세에 고향의 산림조합장이 되어 18년을 조합장으로 일하다가
마침내 오늘은 산림조합 중앙회장으로 출마한 기호1번 김민영입니다.
제가 먼저 조합장님들께 큰절 한번 올리고 이야기를 시작하겠습니다.

(중략)

개표 시간은 피를 마르게 했다. 상대 후보와 함께 커튼 뒤 의자에 앉아서 기다렸다. 몇 분 후면 한 명은 온 세상을 다 가진 듯한 기쁨으로 환호 속에 축하를 받을 것이고 나머지 한 명은 소리 없이 그곳을 떠나 홀로 계단을 내려가야 할 것이다.

가슴 졸이는 기다림 끝에 번개 치듯 발표 소리가 났다. 아! 두 표만 더 얻었더라면…. 당선자는 내가 아니었다. 아슬아슬, 표 차이가 너무 적어 재검표가 이어졌다. 그러나 뒤집혀지지는 않았다. 당선되었다면 산림조합 사상 최연소 산림조합장 출신의 첫 중앙회장이 되었을 테지만 마지막 고개를 넘지 못했다. 당선되었더라면…, 하고 상상했던 것은 헛된 꿈이 되었다.

새로운 중앙회장 당선으로 함성이 울려 퍼지는 산림조합중앙회 대강당을 나는 그림자처럼 소리 없이 빠져나왔다. 8층 계단으로 한 발 한 발 내려오는 동안 다리가 후들거려 내디딜 수가

없었다. 나는 무저의 갱, 끝없는 바닥으로 곤두박질치는 느낌에 온몸이 휘청거렸다. 지금이 꿈일까? 진짜 꿈이 아닐까? 혼신의 힘을 다해 팔도를 돌며 조합장들을 만나고 힘 있게 악수를 하고 변화를 설득하던 그 모든 순간이 뒤죽박죽 진흙탕으로 뒤섞여 나를 덮쳤다. 내 생에 가장 참담한 순간이었다. 그제서야 나는 내가 별다른 실패를 경험하지 않고 살아왔다는 것을 알았다. 나락으로 굴러 떨어진 구덩이가 너무 깊어 나는 다시 밝은 세상으로 웃으며 나갈 수 있으리라고는 상상을 할 수 없었다. 잠 못 이루는 날들이, 자다가 벌떡 일어나 앉는 날들이, 눈을 뜨기도 전에 그 우울한 날들이, 깊은 어둠과 같은 날들이 오래 계속 되었다.

한밤중 참나무 아래에서

선거에 떨어지자 갑자기 나는 아무것도 아닌 사람이 되었다. 명함도 직책도 없는, 누가 불러주지 않는, 아무런 쓸모없는 사람이 되었다. 뿔 잃은 사슴, 볏을 잃은 수탉이 되었다. 자책과 우울이 쓰나미처럼 덮쳤다. 실패자. 사람을 만나는 게 두려웠다. 휴대폰을 끄고 산속 옛집으로 홀로 돌아갔다. 나를 하늘처럼 귀하게 생각했던 할머니와 살았던 집, 대학에 떨어지고 재수를 하던 집, 외도에서 군대를 제대하고 돌아와 산에 염소를 풀어 키우며 가슴 벅찬 꿈을 꾸던 집, 아내와 결혼하여 아이 셋을 낳고 조합장에 당선되었던 집. 그 집 마당에 말없이 서서 바다처럼 넓고 고요한 옥정호를 바라보았다.

해가 떠도 할 일이 없었다. 산밭에 심었던 소나무를 솎아 도끼를 들고 장작을 패서 쌓았다. 날마다 먹을거리를 찾아 내려오는 산고양이에게 음식을 나눠주었다. 밤이 되면 잠이 오지 않았다.

존재가 발가벗은 느낌이었다. 앞으로 그 누구에게도 인정받거나 존경받지 못할 느낌이 누에처럼 내 안에서 기어나와 나를 칭칭 옥죄었다. 동굴 안으로만 침거하는 곰처럼 나는 벽에 기대앉아 엄습하는 괴로움과 뒹굴었다. 간절히 바랐던 일이 부서졌다는 것, 돌이킬 수 없다는 것, 실패와 좌절의 쓴 물에 사로잡힌 혀는 밥상에서 숟가락을 놓게 했다.

자발적 유배. 나를 유폐했다. 처절한 시간이었다. 마음이 떨리고 불안이 엄습했다. 앞으로 무엇을 할 것인가? 내가 원했던 나와 현실에서 곤두박질쳐진 나와의 간격이 까마득했다. 남들이 나를 어떻게 볼까? 이런 상태의 나를 받아들이기 어려웠다. 억울했다. 최선을 다했는데 그동안 충분히 열심히 살아오지 않았는가. 진심을 거부당한 배신감이 몰려왔다. 아, 두 사람만 더, 두 사람만 더 나를 믿어주었더라면 모든 것이 달라졌을 텐데….

그렇게 잠 못 이루는 밤에 부엉이가 울었다. 처량했다. 이러다가 홧병에 걸리는 것이 아닐까? 그동안 어렵고 힘들게 쏟아왔던 삶의 진실이 바보 같았다. 마음의 밑바닥에서 내 자신과 싸우느라 나는 지쳤다. 불행하고 억울했지만 그걸 누구에게 소리내어 토로하거나, 술을 퍼마시거나, 훌훌 어디론가 떠나버리거나, 깨끗이 잊고 일을 시작한다거나, 무엇 하나 할 수 없었다.

나는 앓았다. 밤에 마당에 나가 커다란 참나무 아래 앉아 검은 호수를 내려다보았다. 죽고 싶다는 생각이 들기도 했다. 물론 꼭 죽고 싶은 것은 아니었다. 하지만 이대로 어떻게 살 것인가, 하는 물음에 대한 답은 없었다.

그래도 일요일이면 성경을 챙겨 들고 장금교회에 갔다. 교회에 나가 찬송가를 불렀다. 목사님 설교 시간에는 머릿속이 온통 다른 생각에 빠져 있어도 교회에 고요히 앉아 있는 그 시간이 나에게 위로와 치유의 시간이 되었다. 십자가에 매달린 예수님을 가만히 바라보면서 나의 고통은 사실 얼마나 사소하고 욕망의 찌꺼기일 뿐인가, 그런 생각으로 마음을 다잡기도 했다. 기도 시간이 명상 시간이었다. 나를 내려놓고 말없는 기도 속에 하나님은 내 고통을 알리라, 하는 생각에 눈물이 돌기도 했다. 나를 내맡길 무언가가 있다는 것, 그것이 신이 아닐까 그런 깨달음을 얻기도 했다.

시간이 흐르면서 나는 포기했다. 어떤 지위가 없다 해도, 나의 가치가 내려간다 해도 어쩔 수 없는 일이다. 뒤돌아보지 말자. 피해자가 아니다. 피해자인 것처럼 실패에 몰입하지 말자. 억울해하기보다 왜 억울해하는지 자신을 들여다보라고 담담하게 잡아주는 아내가 있었다. 더 큰일 당한 사람이 세상에 얼마나 많냐며 쓴소리 해주는 아내가 있었다. 남 탓할 필요가 없다. 해마다 선거에서 떨어지는 이들이 한둘인가. 초등학교 반장 선거에서부터 대통령 선거까지 당선된 이들보다 떨어진 이들이 10배는 더 많지 않은가. 떨어지고 나서 괴로운 건 당연하다.

지금도 가끔 꿈을 꾼다. 그러면 더 생각하지 않으려 한다. 상처에 난 딱지가 아무는데 가려움을 참지 못해 딱지를 떼고 다시 상처를 들여다보며 고통스러워하고 싶지 않았다. 나는 그동안 얼마나 운이 좋았던 사람인가. 배고파보지도 않았고 할머니의 금쪽같은 사랑, 아낌없는 사랑을 받으며 자랐다. 공부를 더 하고 싶은데도 가정형편 때문에 눈물을 닦으며 집을 떠나지도 않았다. 과분한 응원을 받으며 살아온 삶이었다.

내가 할 수 있는 최선을 다했다. 그런데도 잘 되지 않았다면 어쩔 수 없지 않겠는가. 세상에 그런 일이, 그런 사람이 한둘이겠는가. 운이 나빴다. 내가 당선되었더라면 좋았겠지만 내가 아니면 안 되는 이유가 있는가? 선거에 나가떨어지고 당선되는 일은 해가 뜨고 지는 일, 바람이 불고 비가 내리는 일만큼이나 자연스러운 일이다. 기대가 무너졌고 실망했다. 변명하지 말자. 자연스럽게 받아들이자. 최선을 다하지 않았는가. 모든 실패를 피할 수 있는 행운이란 인생에 존재하지 않는다. 선거에 떨어졌다고 해서 인생에 실패한 것도, 가치가 없어진 것도 아니다. 잠시 쉬어가야 할 때가 왔다고 생각하자. 장작을 패고 산길을 걷고 아무 말 하지 않아도 마음 편한 친구를 만나고 가끔 나가 강의를 듣자. 무너져 내리는 마음을 일으키기 위해 그렇게 뭐라도 해야 했다.

열심히 살았잖아. 다른 사람은 몰라도 나는 알지. 신의 음성처럼 내 마음에서 소리가 들렸다. 또 시작해야 해. 잘할 수도 있고 실패할 수도 있어. 우리는 계속 도전하고 살아야지. 이왕이면 가치 있는 일을 하면서. 고통 속에서만 우리는 신의 얼굴을 본다.

그리고 신은 결국 내 안에 있음을 깨닫는다.

막걸리를 마시면 생각나는 사람

나는 사진 찍는 일이 늘 어색하다. 카메라 앞에서 자연스러운 사람이 부럽다. 이상하게도 카메라가 있으면 얼굴이 굳어지고 붉어진다. 그런데 나만 그런 것이 아니라는 걸 알려주신 분이 있다. 바로 노무현 대통령이다. 청와대에서 대통령을 만나고 난 후 사진 찍을 때마다, 그래, 노무현 대통령도 가장 힘든 일이 사진 찍는 거라 하지 않았는가 생각하면 덜 어색해지는 것 같다.

청와대로 산림조합장들을 초청한 자리에서 노무현 대통령을 만났다. 대화를 나누는 자리에서 나는 대통령 하시며 제일 힘든 일이 무엇이냐고 물었다. 그러자 생각할 필요도 없다는 듯이 바로 대답이 날아왔다.

"사진 찍는 일이지요. 맨날 좋을 수는 없어도 사진 찍을 때는 늘 웃어야 하니 말이죠. 대통령은 배우가 되어야 합니다. 화장도 좀 해야 하고. 이것이 참 힘든 일이죠."

건배주를 한 잔 마신 얼굴이 발그레했다. 참 솔직하고 소탈한 분이셨다.

노무현 대통령은 눈이 많이 왔던 날, 폭설 피해 현황을 직접 보기 위해 정읍에 헬기를 타고 왔다간 적도 있다. 대통령 임기를 마치고 봉하로 내려가셨던 노무현 대통령이 정읍에 오셨던 적도 있었다. 송산동에 위치한 웨스턴캠프 경주마 목장을 권양숙 여사와 함께 다녀갔다는 말을 좌수형에게 들었다. 1시간 정도 머물다 가셔서 미처 부를 수가 없었다며 노무현 대통령이 말 목장과 펜션에 대해 궁금해 해서 안내했다고 말했다.

나는 고故 노무현 대통령의 묘소가 있는 봉하 마을에 간 적이 있다.

검정고시 출신 대통령, 그로 인해 검사들에게 받았던 수모를 전 국민이 보았다. 토굴에서 공부해 고시에 합격하고 변호사가 된 후 노동자를 위해 활동한 것은 쉬운 일이 아니다. 안락한 삶에 안주하지 않고 옳다고 생각하는 일에 온몸으로 맞선 사람, 문재인 대통령 같은 좋은 친구를 둔 사람. 대통령 임기를 마치고 고향으로 가는 것도 쉬운 일이 아니다.

나무 심고 농사짓고 지역 발전을 위해 노력하는 모습은 대통령 퇴임 후 그 누구도 도전하지 않았던 새로운 시도였다. 과거가 부정되고 폄하되고 믿었던 사람들이 자신에게 등을 돌릴 때도 본인이 모든 것을 다 껴안고 가셨다. 나보다는 우리를 먼저 생각한 그분은 거짓말과 왜곡, 그 모든 모욕과 비난과 고통을 짊어지고 홀연히 가셨다. 지금도 애틋하게 기억하는 이가 많은 대통령이 노무현 대통령이다. 우리 사회가 민주주의 사회로 한 걸음 두 걸음 진전하는 데 그가 큰 획을 그었다는 걸 누구도 부정하지 못할 것이다. 막걸리를 마시면 그분 생각이 난다.

막내딸과 어머니

내가 산림조합중앙회장 선거에서 떨어지고 난 후 묘하게 우리 집은 다섯 식구 모두 백수 상태가 되었다. 그러자 대학을 졸업하고도 마땅한 직장을 찾지 못하고 있던 세 녀석들이 긴장하기 시작했다. 백수 5인 중 막내딸이 첫 번째로 취직이 되었다.

공무원 시험에 합격한 막내딸은 출근 첫날, 나를 보고 씩 웃더니 "아빠, 소녀 가장 돈 많이 벌어오겠습니다. 이제부터 내가 소녀 가장이야. 걱정 마."라고 말하며 씩씩하게 출근했다. 그 소리가 왜 그렇게 눈시울을 뜨겁게 하던지 아빠인 내가 어린 자식에게 걱정을 끼치는구나 싶었다.

우리 막내딸은 유치원 때부터 조합장이었던 아빠를 보고 자랐다. 산집에서 살다가 막내딸 초등학교 2학년 때 정읍산림조합 부근으로 이사를 와 북초등학교로 전학을 했다. 비행기를 타고 여행했던 경험이 있는 친구들이 자랑을 늘어지게 하는 바람에 막내딸은 비행기도 못타본 시골 촌아이가 되어 있었다.

하루는 가족 모두 장금교회를 다녀오는 길에서 갑자기 막내딸이 우는 것이었다. 자기 친구들은 비행기를 타고 미국도 갔다오고 일본도 갔다 왔는데 우리만 비행기 한번 못타봤다며 정읍에 올 때까지 울음을 그치지 않았다. 조합 일밖에 모르는 무심한 아빠였다. 그러다 오래전부터 여행 목적으로 모임을 하고 있는 친구들과 함께 가족여행을 다녀왔다. 마카오, 중국, 홍콩 3박 5일 패키지여행. 그것이 우리 가족 모두가 함께한 유일한 해외여행이었다.

언니, 오빠인 두 녀석도 취직을 하면서 세 아이들이 모두 정읍에서 직장을 찾았다. 큰딸은 서울경찰직과 국가직, 지방직 공무원에 합격했다. 3관왕을 한 셈이다. 서울에서 지내고 싶어 하는 큰딸에게 아내와 나는 정읍에서 일하기를 권했다. 집값 비싸고 복잡한 서울보다 정읍에서 가족과 함께 좀 더 여유롭게 살기를 바랐다. 코로나19 사태도 영향을 끼쳤다. 아프기라도 하면 혼자서 어쩔 것인가 하는 염려가 컸다. 딸은 갈등과 번민을 겪었지만 정읍을 떠난 지 8년 만에 종이박스 네 개와 함께 귀향했다. 성인이니 돈을 모아 집을 구하고 독립을 해야겠지만 정읍에서 살게 되어 안심이 되는 것이 부모 마음이다.

성공이란 돈을 많이 버는 것일까? 나는 그렇게 생각하지 않는다. 여유 있는 시간과 애정 있는 인간관계, 아이를 키우는 데 필

큰딸 대학 졸업기념 가족사진

요한 안전망이 갖춰지고 아프거나 실직했을 때 걱정 없는 복지 제도가 마련되어 있는 사회가 성공한 사회이고 발전이 아닐까?

우리는 행복이 소중하다. 호화로운 삶을 유지하기 위해서 많은 일을 하고 더 많은 스트레스를 받아야 한다면 행복한 삶이 아니라고 생각한다. 가진 것이 적으면 그것을 유지하기 위해 평생 노예처럼 일을 하지 않아도 되고 자신을 위한 시간을 더 가질 수 있다는 말에 동감한다.

서울에 집을 구해줄 능력이 안되는 바람에 선택의 입지가 줄어든 딸에게 솔직히 미안한 마음도 없지 않았다. 서울에 사는 부모에게서 태어나지 못한 것이 억울하지 않을까 괜한 염려도 하였다. 하지만 우리 아이 셋 모두 남과 비교하지 않고 자기 삶의 가치를 스스로 구성하는 젊은이라는 걸 믿어 의심치 않는다.

어느새 부모를 염려하는 자식을 보며 나의 어머니가 달리 보이는 것도 요즘의 변화라면 변화다. 자식 욕심 많았던 어머니는 큰아들인 내가 대처에 나가 보란 듯이 성공하기를 바라셨다. 그러나 나는 산에서 살겠노라고 마당에 벌통바우가 있는 산속 외딴집으로 들어가 독립생활을 했다. 예전에 사과나무 과수원이 있던 집이었다.

어머니는 눈이나 비가 오면 배고픈 호랑이나 멧돼지가 마당에 내려올까 봐 동쪽으로 고개를 돌려 산을 보며 우시곤 했다. 도시에 나가 출세하고 살기를 평생 염원하셨던 어머니에게, 군대 갔다 오더니 갑자기 염소 키우며 산에서 살겠다는 아들의 고집은 얼마나 억장이 무너지는 일이었을까.

어머니의 삶은 한마디로 고생 그 자체였다. 아버지처럼 수침동에서 태어나 두 분은 어린 시절부터 보고 자란 사이다. 능교초등학교를 다니시던 어머니는 4학년 때 칠보로 이사 갔다가 전주에서 풍남초등학교를 졸업하셨다.

어머니 스무 살 때 일이다. 전주 잠업시험장에서 시험을 봐서 태인 언니네 집으로 온 어머니는 잠업 지도사로 근무했다. 잠업 지도사로 누에를 병 없이 키우는 법을 지도하시던 어머니는 이후 다시 전주로 돌아가 전주 양재학원에서 자격을 취득해 태인 양재학원으로 발령을 받아 학원 선생을 하셨다. 양재학원으로 기술을 배우러 오는 학생들이 많았고 돈도 잠업장 월급보다 훨씬 많이 벌었다. 어머니는 손수 재단해서 양장을 입고 다니는 태인 최고의 신식 멋쟁이 처녀였다.

귀동이로 자란 아버지는 농사일을 해본 적 없는 멋쟁이 신사로 어머니를 따라다녔다. 외할아버지는 두 분이 만나는 것에 반대가 심했다. 홀어머니 모시며 일할 줄 모르고 멋만 내는 남자와 시골에서 살면 여자 고생은 불 보듯 뻔하다며 말렸다. 어머니는 아버지를 피해 전주로 갔는데 아버지가 골목골목을 어머니 이름을 부르며 다니는 통에 결국 결혼을 하시고 내가 태어났다.

호미 자루 한번 잡아본 적 없이 누에 선생, 학원 선생 하시던 어머니 인생은 하루아침에 콩밭 매는 아낙네가 되었다. 홀시어머니를 모시고 자식 다섯을 낳고 밭농사, 논농사, 담배농사, 고추농사, 누에 키워 명주 짜고 모시 키워 모시 짜고, 삼을 키워 삼베 짜고 목화 심어 미영베를 짜며 사셨다. 앞강을 봐도 눈물, 뒷산을 봐도 눈물, 하늘을 올려다봐도 눈물 폭폭한 세월이었다고 하셨다.

생전 손에 흙이라고는 묻혀본 적 없던 아버지는 여전히 멋쟁이로 구절재 너머로 뜬구름처럼 나다니시고 어머니는 할머니와 함께 자식을 위해 참고 참으며 살았다. 자식만은 대학까지 가르

부모님 약혼사진(뒷줄 우측에서 두 번째, 세 번째)

쳐서 손톱 밑에 흙 안 들어가게 살아야 한다고 염을 세우고 사셨다.

어머니는 체구는 작았지만 일은 장군같이 하셨다. 옛날에는 동네에서 환갑잔치, 혼인잔치는 물론이고 집잔치, 손님잔치, 초상까지 다 치렀다. 어머니는 그럴 때마다 장보러 가는 감독에다 잔치 음식 총감독이셨다. 큰 주걱이나 국자를 들고 동네 아주머니들과 왁자하게 잔치 준비하시던 그 모습을 보고 자라서 나도 그렇게 일 벌리기를 좋아했는지도 모른다.

물고기 매운탕에 옥정호 붕어찜, 뒷산에 수북하게 떨어지는 도토리를 주어와 가마솥에 쑤던 도토리묵, 산토끼탕, 꿩요리 등 무엇이든지 잘하셨다.

어머니는 흥이 많아 노래도 좋아하셨다. 그러고 보면 내가 어릴 때부터 노래방 기계처럼 누가 시키든 빼지 않고 노래를 불러 제꼈던 것도 어머니를 닮아서인 듯하다. 솥단지를 두드리며 이미자의 〈동백 아가씨〉를 부르고 애기 업고 능교까지 장구를 배우러 다니셨다.

노래방이 한창 유행할 때 어머니는 집에 금영 노래방 기계를 들이셨다. 낮에는 밭에 가서 종일 일하시고 저녁에 밥 차려 드신 후 마이크를 들고 수십 곡 노래를 부르셨다. 비라도 오는 날이면 호박전, 솔전 부치고 눈 오는 날이면 고구마 삶고 동네 아주머니들이 모두 모여 한 곡조씩 돌아가며 노래를 뽑으셨다.

어머니는 산내 22개 마을 부녀회 연합회장도 하셨는데 그때 만난 다른 마을 부녀회장님들과 춤 선생에게 사교춤도 배우러 다니셨다고 한다. 정말 광활한 에너자이저라고 아니할 수 없다.

어머니는 나이가 드셨지만 지금도 새벽에 일어나셔서 꼭 30~40분씩 걷기 운동을 하신다. 말년에 누워 자식들에게 짐이 되거나 요양원 침대에 묶여 있다가 돌아가시지 않기 위해서라고 하신다. 우리 집에는 옥수수 냉장고가 따로 있다. 옥수수와 떡을 좋아하는 큰아들을 위해 어머니는 여름 내내 옥수수를 쪄서 채곡채곡 얼리고 쑥 캐고 팥고물해서 떡도 종류대로 얼려 놓으신다.

내가 서울에서 살았다면 어머니는 더 행복하셨을까?

아니었을 것이다. 옆에서 옥수수 먹고 떡 먹으며 살아서 더 행복하셨을 것이다.

내가 중앙산림조합장에서 낙선하자 어머니는 내 걱정에 나보다 더 마음고생을 하셨다. 내 자식들을 보면서 비로소 어머니를 좀 이해하는 것 같지만 그 정성을 나는 나의 자식들에게 흉내도 못 낼 것 같다. 어머니, 아버지를 가까이 모시고 아들딸과 한 집에서 사는 지금이 얼마나 큰 행복인가.

정성 어린
손길이 필요해

정읍의 미래

금강산 삼일포 협동농장에 심은 감나무

가을은 감과 함께 온다. 그럴 때면 나는 지금은 갈 수 없는 금강산 삼일포 협동농장이 궁금해진다.

"사름률을 높여야디요."

구덩이에 감나무 뿌리를 심고 흙을 덮고 다지며 심각하게 말하던 삼일포 협동농장의 지도위원 얼굴이 잊히지 않는다. 남쪽에서 가져간 천 그루 대봉 감나무의 '사름률'은 지금 몇 프로에 다다랐을까? 밥그릇만 한 대봉감이 주렁주렁 열려 그 지도위원이 함박웃음을 짓고 있을까?

2007년은 노무현 대통령 임기 마지막 해였다. 그해 4월 23일 각 도별 대표 조합장들과 직원들 160여 명은 북으로 향했다. 금강산 온정리 삼일포 협동농장에 감나무를 심기 위해서였다. 당시는 남북 사이가 좋아서 금강산 관광과 남북협력 사업도 활발하게 진행되던 시기였다.

북한 땅에 발을 딛는 것은 태어나서 처음이었다. 반공웅변대회에 나가 공산당을 때려잡자고 열변을 토하던 학창 시절의 기억을 떠올리며 휴전선을 넘었다. 군사분계선을 넘자마자 북한에 왔다는 실감을 온몸으로 느끼게 해준 것은 총을 들고 검문하던 군인보다 산이었다. 휴전선을 향해 달려오던 내내 차창 밖으로 빽빽하던 나무가 순식간에 하나도 보이지 않았다. 북한의 민둥산이 준 충격에 놀란 사람은 나뿐만이 아니었다. 작은 웅성거림과 함께 간 일행들은 창에 바짝 얼굴을 대고 손으로 산을 가리키며 한숨 같은 탄성을 질렀다.

백문이 불여일견이라더니 말로만 듣던 북한의 산림 실태가 온몸으로 실감이 났다. 산꼭대기 아래까지 화전민들이 일군 뙈기밭 소토지와 다락밭, 비탈밭을 농지로 그대로 사용하고 있었다. 배고픈 사람들은 산 위 높은 곳까지 불을 질러 화전을 일궈 감자와 옥수수를 심었다. 게다가 아직도 나무를 땔감으로 쓰기 때문에 동네 주위 산들은 푸른빛이 하나 없는 붉은 산으로 헐벗고 있었다.

"북한의 산엔 나무가 채 성장하기도 전에 땔감으로 써버리기 때문에 나무가 남아나지 않습니다. 북한에서 산이 푸른 곳은 김일성 주석이 민족의 명산이라며 교시를 내린 금강산과 보호구역뿐입니다. 앞으로는 나무, 식량, 에너지 관련 부서가 같이 협력해 지원해야 해요. 북한의 경제가 발전하려면 우리와 마찬가지로

'녹색인프라'와 '경제인프라'를 같이 갖춰나가야 합니다."

내가 태어나고 어린 시절을 보낸 1960년대는 남쪽인 대한민국도 마찬가지였다. 우리 동네 사람들 중에도 산에 가서 나무를 해다 팔아서 먹고 사는 이들이 있었다. 시골까지 연탄이 쉽게 들어오면서 지게 지고 산에 나무하러 가는 일이 점차 사라졌다. 강원도 무연탄이 철도를 타고 전국으로 공급되지 않았다면 민둥산을 오늘날처럼 푸른 산으로 바꾸는 데 더 오랜 시간이 필요했을 것이다. '나뭇가지 하나도 꺾지 마라'는 자연보호 표어와 포스터를 부지런히 그리던 어린 시절의 추억이 지금도 눈에 선하다.

황폐한 북녘의 산림을 바라보며 묘목과 비료를 지원할 필요성을 몸으로 느꼈다. 무엇보다 북녘 땅에 나무를 심는 일은 바로 우리의 정성과 애정을 심는 일이자 우리 자신을 위한 일이기도 했다. 북한의 홍수는 곧바로 남한에 피해를 줄 수 있다. 북한의 생태계가 파괴되면 그 피해가 또 즉각 남쪽으로 연결된다. 북한의 헐벗은 임야를 복구함으로써 방치된 산지를 자원화하고 홍수 조절, 공기 정화 등의 다양한 효과를 거둘 수 있다.

분단 50년이 넘었지만 우리는 통역 없이 대화를 하며 천 그루의 감나무를 힘을 합해 심었다. 나무들이 뿌리를 내리고 감나무 밭고랑에 배추도 심고 무도 심어 김장도 하며 주렁주렁 감들이 열리기를 기도하며 심었다. 달디달게 익어갈 감처럼 남북관계가 따뜻하게 발전되고 남북이 서로 가진 것으로 돕게 되길 희망하며 통일의 꿈을 담은 감나무를 심었다.

"사름률을 높여야디요. 이래 심었는데 죽으면 어이 되겠음메?"

처음에 나는 '사름률'이 무슨 뜻인지 몰랐다.

'사름률'은 북한 말로 '산에 심은 나무가 사는 비율'을 뜻한다고 한다. 우리가 말하는 '활착률'과 같은 말이다. 북한은 기술과 물자가 부족해 닥풀 우림액을 개발해서 묘목 뿌리를 담갔다 심는다고 했다. 북한도 나무 살리기에 최선의 공력을 쏟고 있었다.

나무를 심고 돌아오는 길에 나는 북한과 우리가 나무를 통해 서로 화해할 수 있지 않을까 생각했다. 지금은 비록 남북이 오고가지 못해도 감나무는 잘 자라고 있으리라 믿는다. 그리고 휴전선 너머 삼일포 농장에서 그 지도위원을 다시 만날 때는 달콤한 홍시를 쪼개 서로 권하며 높은 사름률을 기뻐하리라. 6·25전쟁과 그 이후의 비극과 분단의 휴전선 너머 금강산 밑자락에 있는 과실나무가 풍성히 열매 맺기를 기원한다. 그리고 다시 남북이 문을 열고 서로 부족한 점을 도우며 한민족으로 행복한 미래를 꿈꾸며 나무를 심고 싶다.

칠보산과 기후위기 그리고 정읍의 미래

칠보산이 훼손되고 있다면서 전화를 한 시민의 목소리는 간곡했다.

"칠보산은 정읍시의 어머니 산입니다. 칠보면, 북면을 품에 안고 있는 정읍시의 진산입니다. 그런데 칠보산 곳곳이 파헤쳐져 몸살을 앓고 있습니다. 정읍 사람과 천년만년 함께 해온 칠보산을 우리 후손에게도 온전히 남겨줘야 하지 않겠습니까. 칠보산 지키기에 함께 해주십시오."

처음에는 무슨 일이길래 이렇게 애를 태우나 의아했다.

"석탄, 석유를 태우는 것뿐 아니라 산을 태우고 없애는 것도 탄소를 늘리는 일입니다. 정읍의 어머니 산 칠보산을 안팎에서 폭파하고 파헤치고 있으니 걱정이 됩니다."

이야기를 듣다보니 맞는 말이었다. 어떻게 도우면 되겠냐고 물었다.

"무분별한 칠보산 훼손을 반대하는 현수막을 시민들이 달고자 하니 함께 해주십시오. 산림조합장을 오래 하셨으니 숲을 보호하는 일이 얼마나 중요한지 잘 아실 것입니다. 올 여름 내내 비가 내리지 않았습니까. 장마가 아니라 우기라고 합니다. 지구온난화로 기후변화가 이미 시작된 것이라고 과학자들이 진단하고 있지요. 숲을 살리는 일은 인간이 기후에 미치는 영향을 조정하는 것입니다."

나는 기꺼이 동참하기로 하고 가족들 모두가 참여했다. 내가 좋아하는 김소월의 시 〈산유화〉를 현수막에 써달라고 했다.

산에는 꽃 피네 꽃이 피네
갈 봄 여름 없이 꽃이 피네

산에 산에 피는 꽃은
저만치 혼자서 피어 있네
(…)

꽃 피고 새 우는 산을 지키고자 하는 시민들의 행동에 마음을 함께 하니 기뻤고 앞장서지 못함이 미안했다. 그리고 기후위기에 대해 대화를 좀 더 나누었고 기후위기를 저지할 수 있는 방법이 들어 있다는 《플랜 드로다운》 책을 소개받았다. 책은 몹시 두꺼워 베개만 했는데 그만큼 기후위기가 심각하다는 의미일 터였다.

기후변화는 환경, 사회, 경제, 정치는 물론 재화의 분배에서 중대한 함의를 지니는, 전 세계가 고민해야 할 문제이면서 오늘날 인류가 직면한 주요 도전 중 하나라고 책은 힘주어 말하고 있었다. 70명의 전문 연구진이 조사하고 분석한 뒤 120명의 자문단이 3단계로 검증한 가장 효과적인 기후변화 대책 100가지를 제시하는 책을 메모하며 읽었다.

> 기후변화에 관한 이야기는 주로 파멸적이고 비관적이기 때문에 사람들은 이를 부정하고 분노하고 체념하는 과정을 거치게 된다. 한때 나도 그런 사람 중 한 명이었다. 그러나 이 책 덕분에 다른 관점을 갖게 되었다. 폴 호컨과 그의 동료들은 지구온난화를 되돌리기 위한 가장 실질적인 솔루션 100가지를 연구하고 제시했다. 이러한 솔루션은 에너지, 농업, 임업, 산업, 건축물, 교통수단 등 여러 분야에 걸쳐 있다. 이들 솔루션은 또한 여성의 권리를 확대하고, 식단과 소비 패턴을 바꾸는 것과 같은 중요한 사회문화적 문제 해결을 강조한다. 여러 솔루션이 한데 모였을 때 우리는 기후변화를 늦출 뿐 아니라 역전시킬 수 있다.
>
> _폴 호컨, 《플랜 드로다운》에서

서문을 읽으니 지구온난화를 막고 이를 되돌리기 위한 100가지 솔루션이 궁금해졌다. 먼저, 걷기 좋은 도시. 나는 걷기를 좋아하고 걷기가 개인 건강과 도시 건강에 필수적인 일이라고 오래전부터 생각해 왔는데 책에서도 걷기가 지구 온도를 다운시키는 중요한 과제로 제시되어 있었다. 사람들이 걷기를 선택하기 위해 충족되어야 하는 네 가지 기준 또한 나의 생각과 합치되는 지점이어서 기뻤다. 도시가 옥외 거실의 역할을 해야 한다니 얼마나 참신한 발상인가.

걷기가 유용해야 하며, 개인이 일상생활에서 필요를 충족시킬 수 있어야 한다. 또한 걷기는 자동차와 다른 위험으로부터의 보호를 포함해 안전하다고 느껴져야 한다. 스펙이 말하는 '옥외 거실'로 보행자들을 유인할 정도로 편안해야 한다. 그리고 아름다움, 활기, 다양함이 공존하며 흥미로워야 한다. _폴 호컨,《플랜 드로다운》에서

사람들이 걷기를 늘린다면 2.9기가톤의 이산화탄소 배출을 피할 수 있고 차량 유지비도 3조 3000억달러 절감할 수 있다고 책은 분석한다. 수치가 상상이 잘 안되긴 하지만 지구 온도를 낮추는 데 큰 역할을 한다는 정도만으로 이해해도 안심이 된다. 기후위기 시대에 정읍도 걷기 좋은 도시를 향해 디자인되고 시민 의식도 변화해야 할 텐데… 정읍이 아름다움을 느끼며 걷기에 좋은 도시가 되었으면 좋겠다. 이미 다양한 수종들이 가로수

로 자리 잡고 있으니 큰 돈 들이지 않고 예술적 감동을 느낄 수 있는 총체적 디자인이 더해진다면 정읍은 기후위기 시대에 새로운 변화가 가능하다.

나도 모르게 책 읽기를 멈추고 '정읍 상상'에 빠져들었다.

제주도 공항에 내리는 순간 마주치는 신비로운 야자나무는 우리가 낯선 이국의 섬에 도착했음을 환영한다. 그 나무들은 여행 내내 검붉은 바위 해안과 푸른 바다와 흰 파도 그리고 검은 담장과 진한 녹색의 싱싱한 식물들의 색조 대비와 함께 제주도의 이미지를 형성한다.

이처럼 정읍역에도 나무를 심어야 한다. 정읍 터미널도 마찬가지다. 정읍에 도착하는 순간 당신이 지내다 온 일상과는 다른 새로운 시간이 전개될 것이라는 기대를 풍경으로 소리 없이 전달해야 한다. 정읍다운 나무와 정읍다운 풍경, 정읍 사람들이 사랑하고 즐기는 풍경을 만들어야 한다. 우물의 고장 정읍은 버드나무가 어울린다. 오래된 왕버드나무들을 정읍역 주위에 심어 푸른 그늘을 만드는 것은 나의 오랜 꿈이다. 낭창낭창 봄날에 제일 먼저 연두로 물이 오르는 버드나무로 짙은 그늘을 드리우게 해서 정읍역을 시민들의 쉼터이자 포토존으로 만들고 싶다.

공터만 있으면 나무를 심어 이산화탄소를 막으라고 이 책은 제시한다. 지구상 어디라도 한 그루 나무가 있으면 지구 온도는 낮아지고 열섬일지라도 숲이 있으면 도시 온도가 낮아진다. 그런데 수백 년 된 나무를 베어내고 탄소를 격리하고 땅을 난개발로 헤집는 일을 해야 되겠는가. 산에는 꽃이 피고 새가 울어야 한다. 그래야 사람도 그 틈에서 살 수 있다. 돈이 가치의 중심이 되는 부동산 투기세력들은 생명의 가치를 전혀 고려하지 않는다. 시정을 책임지고 국정을 책임지는 정치인들이 개발업자들의 장단에 춤추어서는 안 되는 이유다.

정읍은 산뿐만 아니라 우물의 나라라고 불러도 좋을 만큼 물이 많다. 내장호, 용산호, 정읍천 등 수자원이 풍부하다. 기후위기 시대에 이런 수자원은 금광, 은광 못지않은 정읍의 귀한 자산이다. 그런데도 개발이 발전인 것처럼 수자원과 산림을 훼손하는 일은 시대에 뒤떨어진 정책이자 비극이다. 리더는 시대를 앞서보는 혜안이 있어야 한다. 특히 낙후된 지역일수록 리더의 역할은 더욱 막중하다. 지역이 가진 자산의 가치를 망치는 리더라면 그 지역은 불행에 빠질 수밖에 없다.

시내를 개발해서 관광객을 많이 불러들이는 것은 솔직히 힘들다. 로마나 경주, 전주처럼 되기는 불가능에 가깝다. 하지만 정읍은 생태적으로 큰 감동을 줄 수 있는 산책코스나 트레킹 등 새로운 자연 프로그램을 개발할 거리가 많다. 먹거리는 시내에서 해결 가능하도록 하고 시립 국악관이 밤 공연을 하며 시내 곳곳에서 기타 연주자들이 야간에 연주를 한다면…, 그리고 정읍사 공원은 밤에도 환하게 불을 밝혀 아이들과 가족들이 쉬이 찾을 수 있도록 만든다면 어떨까? 도심 공원의 장점을 살려볼 수 있지 않을까.

벼에 색깔을 넣은 '벼 아트'를 김제에서는 지평선 타워를 올라가야만 볼 수 있는데 정읍 구절초 축제장에선 자연 속에서 볼 수 있다. 산과 광장을 하나로, 물과 정원을 하나로, 문화와 산림을 하나로 만들어 감동을 줄 수 있어야 한다.

정읍은 자연을 살려야 한다. 단풍은 가을에 물이 들어야 아름다움과 함께 사람들이 찾아온다. 그렇지만 초록 단풍은 다른 나무와 변별성 없이 지루할 수 있다. 어떻게 변화를 줄 수 있을까? 등산로를 재구성하고 자생화 군락을 배치한다면? 매표소 아래 개울에 캠핑족을 위한 산책로와 정원을 만든다면? 내장호에서 시내까지 산과 천을 하나로 구성하고 길게 잇는다면? 전주 한옥마을은 실개천을 골목길로 끌어들여 흐르게 해서 성공하지 않았는가. 물은 청정지역의 상징이다.

책의 두께가 만만치 않았지만 기후변화는 피할 수 없는 당면 과제이기 때문에 시간을 쏟아 읽었다. '드로다운'은 기후변화를 되돌릴 지구인 모두의 목소리가 되어야 한다.

소리는 소통이여

왕기석 명창

가장 존경하는 예술가를 나에게 묻는다면 나는 두말없이 왕기석 형님을 꼽는다. 산내의 옆 동네 산외 옹동이 고향인 왕기석 명창. 8남매 중 막내로 태어나 열네 살에 신태인역에서 기차를 타고 서울로 떠났던 형님이다.

나와의 인연은 20년 전으로 거슬러 올라간다. 서울시립국악단에 계셨을 때 제자들 소리 공부를 시키시려고 산속에 좋은 장소 있으면 소개해달라고 내게 연락이 왔다. 그때 나는 산내 골짜기에서 열심히 소를 키우는 중이었다. 나는 산내에 있는 우리누리 문화관을 소개했고 그 인연으로 마음이 통해 오랫동안 친분을 쌓아왔다. 그 후 정읍사국악단 단장으로 재직할 때 자주 만나 정이 더 깊어졌다.

왕기석 형님은 정읍을 소리의 고장으로 널리 알리고 싶은 꿈을 품고 있었다. 판소리 명창으로 국립민속국악원장을 역임하고 전라북도 무형문화재 제2호 판소리 〈수궁가〉의 예능 보유자다. 옹동 칠석리 마을 동구 밖 우람한 느티나무 같은 몸체에서 쏟아져 나오는 형님의 소리는 천지를 뒤흔든다.

왕기석 형님이 소리의 세계에 입문한 것도 운명적이었다. 1980년 19세 나이였다. 열네 살에 서울에 올라가 온갖 일을 하던 형님이 국립창극단을 찾은 것은 친형님을 만나기 위해서였다. 그 당시 이미 최고의 소리꾼이던 명창 왕기창 형을 만나러 갔다가 우연히 남해성 명창을 만났는데 싹수를 알아보셨던지 소리 한 소절 해보라고 했다. 왕기석 형님은 그동안 형에게 귀동냥한 소리를 시원하게 내질렀다. 그 즉시 남해성 명창이 왕기창 명창에게 말했다. "동생을 나에게 주게." 그러고는 "자네는 목이 좋으니 소리 공부를 하게. 내가 가르쳐 주겠네." 하였고 그날로 제자로 캐스팅된 것이다.

그 사실을 알게 된 어머님이 절대 안된다고 펄쩍펄쩍 뛰셨다. 이미 아들 둘이 소리꾼으로 들어섰는데 막내까지 소리꾼으로 만들 수 없다는 강한 반대였다. 큰형은 박초월 명창의 문하에서 라면을 쪼개 끼니를 때우며 소리 공부를 했고 작은형은 박귀희 명창의 문하에서 소리 공부를 하고 있었다. 그런 노력 끝에 형은 국립창극단에 입단해 소리를 하고 있었지만 손에 쥐는 돈은 없었다. 그 길이 얼마나 험난한지 알았기에 어머니는 막내아들만은 돈 많이 벌어 장가가고 아들딸 낳고 그렇게 평범한 사람처럼 살기를 원하셨다.

그러나 어머니도 운명을 막지 못했다. 소리를 하고 있으면 앞날에 대한 걱정이 아니라 천하를 가진 듯 가슴이 벅찼다. 새벽에 일어나 시장에 가서 고구마를 박스째 떼다놓고 국립창극단 연수생으로 공부를 마친 후 저녁에는 차가운 길거리에서 군고구마를 팔았다. 그리고 못다 한 공부도 차근차근 밟아나갔다. 중고등 과정을 주경야독하여 대학에 진학해 국악과를 마치고 중앙대 대학원까지 졸업했다. 국립창극단의 주역이었지만 거기에 안주하지 않고 끊임없이 자신의 소리를 갈고 닦았다. 150편 창극에서 쩌렁쩌렁한 소리로 주인공을 맡으며 왕기석 명창은 승승장구했다.

운명은 또 다른 산굽이를 준비하고 있었다. 대통령 임기를 마치고 고향 봉하에서 새로운 농촌을 설계하던 노무현 대통령이 부엉이 바위에서 스스로 세상을 떴다. 황망하게 세상을 뜬 노무현 대통령의 죽음은 수많은 국민을 눈물의 강으로 밀어 넣었다. 거대한 슬픔의 도가니에 빠져 사람들은 말없이 눈물만 흘렸다.

"멀 따졌겠능가. 그분이 왜 그리되었는지 모른 사람이 있었당가. 그렇게 가신 분의 마지막 길에 소리 한 자락 해달라는디 안 하는 것이 이상하제."

대통령이 흰 꽃 운구차에 실려 고향의 묘지로 가는 마지막 길, 노제에서 상여소리 〈만가〉가 울려 퍼졌다. 왕기석 명창의 소리였다.

왕기석 형님의 작은아버지는 일찍이 상여소리를 잘해서 동네에서 초상이 나면 핑경을 흔들며 선소리를 도맡아 했다. "북망산천 멀다드니 대문 앞이 북망일세." 그 한스런 선소리가 핑경소리와 함께 울려나면 꽃상여를 멘 이들은 한목소리로 "어노어노 어리어차 어노" 하고 뒷소리로 화답해 무덤까지 가는 풍경은 어린 시절의 내 기억에도 선명하다. 머리통이 굵은 형들은 대나무에 매단 만장을 들고 따라가 용돈을 벌었다. 머리에 사내끼를 꼬아 두른 상주들이 흰옷을 입고 대나무 지팡이를 짚고 곡을 하며 따라갔다. 동네 사람들은 제사 음식을 이고 지고 따라가고 아이들은 떡과 고기, 전을 얻어먹으며 몰려가곤 했다. 골목에서 논밭에서 정자나무 아래서 얼굴 맞대고 살던 사람을 무덤으로 보내는 장례는 사흘간 온 마을 사람들을 불러 그 가족을 위로하고 돌아가신 분들을 추모하고 추억하는 공동체 행사였다.

그리고 그 서러움과 한과 죽음을 다시 재생의 길로 위로하고 감정을 해소하는 역할은 단연 상여의 선소리꾼 몫이었다. 인생의 희로애락, 생로병사를 노래하며 삶과 죽음을 자연스럽게 매듭지어주는 목소리였기에 상여꾼의 선소리는 지금도 딸랑거리던 핑경 소리와 함께 내 기억의 밑바닥에도 고스란히 살아 있는 것이다. 왕기석 형도 그 소리를 듣고 자랐고 작은아버지의 그 피 한 방울이 스며 있어 명창의 길로 운명 지워졌는지 모른다.

노무현 대통령의 운구차 앞에서 상여꾼 선소리를 맡은 형님의 정자나무통 같은 몸에서 나오는 상여소리는 천둥소리 같았다. 그 묵직한 비통함이 가슴을 쳐서 다들 원 없이 울었다. 다음해 노무현 대통령 추모식에서 〈노랑 바람개비의 노래〉를 창으로 불렀다. 그렇게 형님은 돌아가신 분과 남은 이들을 소리로 어루만 졌다.

그 여파였을까? 아니면 서울을 떠나고 싶었을까? 형은 잘 나 가던 서울에서 고향을 떠난 지 35년 만에 홀연히 귀향했다. 형의 귀환을 알게 된 정읍시는 시립 정읍사국악단장으로 위촉했고 형은 굵직한 작품을 고향 사람들에게 아낌없이 선물했다. 현존 유일의 백제 가요 〈정읍사〉와 가사문학의 효시 〈상춘곡〉, 동학 혁명을 노래한 〈천명〉 등 지역문화 콘텐츠를 바탕으로 여러 작 품을 제작 발표했다. 그때마다 나는 무대에 선 명창 형님의 소리 에 큰 감동을 받았다.

"동생, 우덜이 노는 판은 답답한 극장 안이 아니랑게. 대청마 루나 정자나무 아래 장터가 소리의 판이었어야. 판소리에서 젤 로 중한 것이 뭐것능가. 바로 소통이제. 온 동네 사람들과 빙둘 러 앉아 막걸리 한잔 먹어감서 밤새 소리허고 좋다 추임새 넣고 주거니 받거니 다들 한판 노는 거. 소리는 너나가 가슴을 풀어 헤치는 소통판이여. 사람들을 휘어잡아 웃겼다 울렸다 죽였다 살렸다 큰 강물처럼 하나로 어우러지게 하는 것이 소리여. 참말로 마당에서 소리판을 찾아야 혀."

"소리는 한방이여. 한방에 사람을 뽕가게 만들어야혀. 긍게 언제나 소리헐라면 떨리제."

"세상에 크고 작은 판이 어디 있당가. 내가 놀고 있는 물이 가장 큰 물이다 생각하고 무슨 일이든 열심을 다해야 하네."

형님의 소리에도 감탄하지만 올곧은 심성과 마음에 맞지 않으면 물러서지 않는 센 고집까지 나는 존경한다. 역사 소리굿 판소리에서 백범 김구였고 안중근이었고, 그리고 도올 김용옥 선생이 극본을 쓴 〈천명〉에서는 전봉준 역할을 20년 넘도록 하면서 그분들의 성정이 형님의 삶에도 배어 있다.

나에게 왕기석 형님은 최고의 소리꾼이면서 인생의 스승이기도 하다.

"소리의 길도 결국 자기와의 싸움이여. 인생의 희로애락이 다 소리에 들어있응게 사람들이 내 이야기다 허고 좋아허제. 후배들이 놀 판이 많아져야 허는디 그것이 없어지는 것이 영 답답허제. 시장과 시의원들이 당최 예술가를 사용할 줄 모른단 말이여. 폭폭허네."

"정촌현 가요특구가 사람들 사는 시내에 있었으면 참 좋았을 텐디. 늘상 소리판이 벌어지면 을매나 좋아."

"정치는 소통을 두려워해서는 안되제. 이심전심 소통으로 한 바탕 잘 살게 허는 것이 좋은 정치 아니것능가."

막걸리 잔을 비우며 걸쭉하게 말하던 형님이 그립다. 형님은 지금 남원에 있는 국립민속국악원의 원장으로 재직하고 있다. 정읍으로 다시 돌아와 형님의 진가를 다시 한번 발휘하는 날이 오기를 기다린다.

▷▷▷ 04 ▷▷▷

코로나 바이러스와 내장호 생태공원

2020년 설날까지 아무도 상상하지 못했던 코로나19 바이러스는 전 세계를 하루아침에 뒤바꿔놓았다. 마스크는 마치 눈과 귀처럼 얼굴에 부착되었다. 얼굴 모습뿐 아니라 일상의 변화도 전혀 예측할 수 없는 거대한 폭풍 같았다. 6·25전쟁 이후 처음으로 학교가 문을 닫았다. 국가에서 전 국민에게 재난지원금을 나누어 주었다. 등산을 하는 사람들도 마스크를 벗을 엄두를 내지 못한다. 비대면 강의와 비대면 회의, 온라인 판매가 익숙한 용어가 되었다.

코로나사태로 가장 타격을 입은 분야 중의 하나가 관광이다. 비행기 타고 가는 해외여행은 물론이고 국내 여행도 발길이 끊겼다. 축제는 취소되었고 외지인들의 방문에 오히려 불안감을 느낀다. 정읍도 코로나 감염자가 발생했고 추수기에 마을이 통째로 격리되면서 마을 어르신의 고통이 적지 않았다. 하지만 이

5장 정성 어린 손길이 필요해 _ 정읍의 미래 227

러저러한 불안 속에서도 원치 않게 감염된 시민에 대한 쾌유와 응원이 이어지고 집안에 격리된 주민들에 대한 위로도 따뜻했다. 어려움 속에서 오히려 고통을 나누는 환난상휼 공동체 정신이 발현되는 모습은 사람에 대한 따스한 믿음을 갖게 해주었다.

앞으로 관광은 호젓하게 생태적 환경을 찾는 개인 관광이 당분간 지속될 수밖에 없다고 본다. 내장산 가을 단풍이 절정을 이루었을 때도 코로나 이전의 그 많던 관광버스를 찾을 수 없었다. 자가용을 타고 온 사람들이 마스크를 단단히 착용하고 내려 거리를 유지한 채 입장했을 뿐이다. 그런 면에서 생태 자원이 풍부한 정읍은 새로운 가능성을 고민해야 할 지점에 와 있다. 온 도시를 공원화하여 정읍 자체가 생태 공원이 되는 상상을 나는 자주 한다.

나는 정읍과 고창이 지역구인 윤준병 국회의원의 노력으로 내장호가 국립공원 보호구역에서 해제된 것을 적극 찬성한다. 내장호 오염을 원천적으로 봉쇄하고 자연경관을 파괴하지 않으면서 깨끗한 호수와 아름답고 풍부한 즐길거리와 볼거리가 가능한 지점을 충분히 찾을 수 있기 때문이다. 정읍에서 가까운 담양호처럼 해제 후엔 차를 마실 수 있는 카페나 호변 테크시설 등 그동안 국립공원이어서 할 수 없었던 일을 했으면 좋겠다.

외지 사람들 발길도 이어지겠지만 정읍 주민들이 즐겨 찾아 삶의 질이 높아질 수 있을 거라고 믿는다. 현재 호수 둘레길은 차가 다니는 도로와 연결되어 호수를 빙 돌게 되어 있는데 걷기에는 적합하지 않다. 호수 안쪽으로 빙 둘러 이어진 길을 내어야 한다. 내장호 물터널이 만들어진다면 이색적인 명소가 될 것이다.

호수 둘레에 조성된 생태공원도 새로운 상상력이 충분히 발휘될 수 있는 멋진 곳이다. 봄에는 수만 송이 수선화나 튤립, 히아신스 등 구근 식물을 다량 식재하고 가을 국화 축제도 이곳에서 열리면 좋을 것이다. 내장호수 생태공원은 계절에 맞는 테마를 변용시켜 1년 내내 큰 돈 들이지 않고 꽃 축제를 열 수 있는 최적지다. 계절별로 테마를 바꾸어 장미, 구절초, 국화, 작약, 모란 등을 화분에 심어 야외 경매장을 연다. 일반인은 구경하고 생산자는 판매한다. 계절에 맞게 야외 전시장으로 화분 식물 전시장을 만들고 판매도 가능하게 한다면 금상첨화다. 농장과 화원 입장에서는 화훼작물을 전시도 하고 판매도 하니 경제소득 증가요, 시민들은 꽃을 즐기고 구입하는 기쁨의 공간이요, 정읍시 입장에선 큰 예산 들이지 않고 공원에 생기를 불어놓을 수 있으니 1석 3조의 효과를 기대할 수 있다.

공원을 거대한 식물원으로 만드는 상상력을 발휘할 때다. 튤립, 수선화, 히아신스 등 계절 꽃을 식재한 원예 화분을 대규모로 식재하면 일자리 창출도 가능하다. 산과 호수 조경이 뒷받침되는 대한민국 최고 명소로 물을 테마로 물과 나무, 꽃과 산이 어우러진 물의 고장 정읍의 생명력을 보여줄 수 있다. 정읍천 맑은 물을 따라 시내까지 정읍 천변을 꽃과 나무로 아름답게 잇고 도심과 내장산을 연계한다면 도심 또한 생명력이 솟구쳐 명소로 재구성할 수 있다.

정읍시와 함께 산림조합에서 내장호 주변의 생태공원을 조성할 때의 일이다. 산림조합은 공사를 하면서 정읍시와 적극적인 협의를 통해 이름은 내장산 단풍생태공원이지만 단풍나무뿐 아니라 호수와 산이 어우러진 아름다운 정원을 구상했다. 예산에 맞춰서 나무를 고르지 않고 전체적인 조화를 염두에 두고 꼭 필요한 나무를 찾았다.

지금도 그곳에는 큰 은행나무와 느티나무가 있는데 우리는

내장산 생태공원에서

최대한 자생하는 나무를 베거나 캐지 않고 살렸다. 그곳의 나무는 오랫동안 주민들에겐 익숙한 풍경이었고 누군가에는 추억이 서려 있다. 시간이 지날수록 은행나무는 정읍 향교 혹은 용문사 은행나무처럼 더 많은 가지와 수많은 은행잎을 선보이며 사람들에게 감동을 줄 것이다.

우리는 큰 은행나무 주위에 테크를 조성하고 그네를 매달았다. 큰 나무 아래서 아이들이 안전하게 뛰놀고 그네를 타며 또 책을 읽을 수 있도록 탁자와 의자를 배치했다. 여름에는 누워서 매미 소리를 들어도 좋고 차가운 커피를 마셔도 좋을 자리였다. 어린 시절 온 동네 사람들이 마을 느티나무 아래서 모깃불을 피우고 부채질을 하며 두런두런 사는 이야기를 하고 아이들은 반딧불이와 박각시를 쫓아 맴돌던 풍경이 내 마음에 남아 있었고 그 풍경을 생태공원 큰 나무 아래에 되살려놓고 싶었다. 수십 명이 빙 둘러 앉아도 부족하지 않게 넉넉하게 테크를 조성했다. 그런 상상력에는 어린 날의 기억이 반영되었다.

병풍처럼 늘어선 서래봉과 불출봉, 망해봉이 한눈에 시원하게 보이도록 고심했다. 내장호 주변과 내장산 주변은 최대한 아름답게 공원으로 조성하고 주차장은 내장산 안쪽으로 배치했다. 허허벌판 같은 주차장이 너무 휑하지 않게 나무와 억새가 자라는 작은 동산도 남겨두었다. 내장산 수목원과 이어지는 작은 오솔길은 편백숲과 솔티 마을 숲길과도 자연스럽게 이어지게 특히 신경을 썼다.

내장호수 생태공원은 현재 시민들에게 많은 사랑을 받고 있다. 특히 아파트에 사는 시민이 호수와 잔디밭, 꽃과 나무가 어우러진 아름다운 공원을 언제나 무료로 들어가 거닐 수 있으니 넓은 영지를 가진 귀족이 된 것 같다고, 정읍에서 사는 만족과 기쁨이 커졌다고 말할 때 큰 보람을 느낀다. 시민 모두를 귀족으로 만들어주는 아름답고 넓은 호수 정원. 공원 공사를 하며 품었던 꿈이 이루어진 것 같아 행복하다. 그리고 국립공원에서 해제된 내장호가 새로운 명소로 거듭날 수 있는 날을 그려본다.

⋙ 05 ⋙

바람의 힘으로 날아가는 새

'맨발의 디바'라 불리는 이은미가 부르는 노래 중에 〈알바트로스〉가 있다. 나는 이은미의 가창력에도 감탄하지만 이 노래는 가사에서 더욱 심금을 울린다. 정읍 산림조합장을 하며 어려움에 휘청일 때 라디오에서 우연히 이 노래를 들었다.

여기에 바보라 불리는 한 새가 있습니다
날개가 너무 커 날지 못합니다
땅에선 놀림을 당하며 바보라 불리지만
알고 있죠 날 수 있어 바람 거세지면
자유롭고 길을 잃은 새 거친 폭풍 앞에 섰을 때
날 수 있단다 너를 던져라 널 흔들고 있는 바람 속으로
(…)

말라붙은 샘에 다시 물이 고이듯 새로운 에너지가 나를 흔들었다. 이 노래 덕분에 나는 알바트로스를 검색했고 몇 가지 지식도 얻게 되었다.

알바트로스는 세계에서 가장 긴 날개를 가진 새로 땅을 한번도 밟지 않고 수천 킬로미터를 날면서 망망대해를 돌아다니는 새이다. 알바트로스는 지구상에서 가장 크고 멋진, 살아 있는 비행체다. 알바트로스는 뼈와 깃털, 근육 그리고 바람으로 이루어져 있다. 대담한 무늬와 뚜렷한 선을 가진 이 '아르 데코' 스타일의 새는 엄청난 장거리 여행가이고, 새끼에게 줄 한 끼를 위해 1만 5000km 이상을 날기도 한다. 이 세상에서 가장 긴 날개(최장 3.5m)로 날갯짓 한번 없이 수백 킬로미터를 활공하면서 여러 대양을 가로지르며 세계를 일주한다. 50년을 사는 알바트로스가 비행한 거리는 최소 600만km에 육박한다.

_〈내셔널 지오그래픽〉에서 발췌

바보새를 날게 하는 거대한 폭풍의 힘, 그것은 바로 조합원의 힘이 아닐까. 조합원들의 지지와 도움 없이는 그 어떤 일도 제대로 할 수 없는 바보새가 조합장이라는 생각을 했다. 조합원들을 섬기는 자세에서만 조합장은 역량을 발휘할 수 있다. 조합장만 그러하겠는가. 조직원을 섬기는 리더만이 깊은 강처럼 멀리 갈 수 있음을 우리는 한국 정치사에서 여러 차례 경험했다. 독선과 오만의 리더쉽은 조직원을 억누름으로써 자기 파멸에 이른다는 학습효과를 우리는 그러나 너무 쉽게 잊는다.

조합장 시절 나는 여성 임업인들 교육에 관심이 많았다. 남녀를 구분하지 않고 누구에게나 열린 조합원 교육 신청을 받았고 여성들에게도 널리 알리도록 힘썼다. 남성 임업인보다 여성 임업원이 교육현장에 더 많이 다녀왔다. 교육 참가 인원 중 여성들의 참석률은 60~70프로였다.

비단 우리나라뿐 아니라 세계 곳곳에서 자산과 지원에서 여성들이 불이익을 받는다는 것은 반박할 수 없는 사실이다. 여성들은 더 많이 일하고 더 오래 일하지만 자신의 가치보다 낮게 취급당한다. 여성이 남성보다 더 효율적으로 생산량을 높이는 분야가 많음에도 불구하고 기계를 가진 남성이 공로의 대부분을 인정받는다.

여성들이 기계 노동에서 소외당하는 것은 남성이 더 우수해서가 아니다. 기계는 남성의 몸과 체형에 맞게 제작되고 기술 습득 기회도 남성에게 넓게 열려 있고 기계 소유의 기회도 더 많기 때문에 벌어진 현상일 뿐이다.

물과 거름을 계속 투입해준 무가 척박하고 메마른 땅의 무보다 크게 성장하는 것은 당연하지 않은가. 남자들은 기계로 밭을 갈고 집으로 돌아간다. 그 밭에 하루 종일 쪼그리고 앉아 콩을 심고 김을 매는 것은 여성들의 몫이었다. 토지와 임야의 주인은 대부분 남성이고 땅문서를 잡히고 잃을 때에도 여성은 가슴만 칠 뿐 어떤 권리도 행사할 수 없다. 이렇게 안타까운 일을 나는 동네에서 수없이 보고 듣고 자랐다. 가장이 노름으로 토지를 날려 그 토지를 일궈 살던 가족 모두가 하루아침에 갈 곳 없는 유랑민이 되어 쫓기듯 동네를 떴다. 토지 권리가 여성에게 있다면 가족의 생계가 더 안전할 것이라고 생각한 적이 한두 번이 아니다.

이런 구조적인 문제는 비단 우리나라에 국한된 일은 아니다. 노벨평화상을 받은 무함마드 유누스가 방글라데시에서 그라민 은행을 세운 것도 그 때문이었다. 그라민 은행의 성공 비밀은 손바닥만 한 땅 한 조각이 있어도 아이들을 굶주리지 않게 기르는 여성들을 주 고객으로 모셨기 때문이라고 본다. 빈곤 없는 세상

여성 산주 및 임업인 교육(청송 연수원에서)

을 꿈꾸었던 유누스는 가난한 여성들을 신뢰했다. 인간으로서 존엄성도 인정받지 못하고 돈도 없고 농기계도 비료도 없는 여성들에게 소액대출을 통해 족쇄로 묶인 빚더미에서 탈출구를 마련해주었다. 품앗이를 통한 연대로 서로 돕고 부축하고 용기를 심어주었다.

여성들에게서 새로운 가능성을 본 유누스의 마을 은행은 수많은 개발도상국 여성들에게 희망을 주는 창조적 은행으로 자리 잡았다. 그리고 전쟁 같은 가난에서 벗어나 두려움 없는 평화를 가져온 인물로 유누스를 노벨평화상의 주인공으로 만들었다.

산림 조합원들에서 가장 강력한 태풍을 일으키는 이들이 여성 조합원들이라고 나는 종종 느꼈다. 사실 대한민국 근현대사를 일으킨 것은 어머니들의 힘, 누이들의 힘이었다. 할머니, 어머니가 산골짜기 돌밭에 불꽃이 튀기도록 호미질해서 자식을 읍내로 학교 보내고 서울로 대학교를 보내 가르쳤다. 그 교육열 덕분에 서양에서 이백년 걸린 근대화가 불과 수십 년 만에 압축 성장하고 개발도상국에서 선진국으로 도움닫기가 가능하지 않았는가. 1970년대 독일로 가서 외화를 벌어 부친 누이들 덕분에 고속도로가 뚫리고 경제개발 5개년 계획이 지속되지 않았던가. 그들은 현재 어머니가 되었고 할머니가 되었지만 그 잠재력은 사그라들지 않았다.

산림조합원 여성들 중에서도 사연을 들어보면 그런 입지전적인 인물이 여럿이다. 아니 대다수다. 부지런히 일하고 교육에 적극적인 여성 조합원들이 내게는 숲의 큰 나무처럼 보였다. 어쩌면 고난의 바람이 잠재력의 날개를 펴게 만들어 날아오르게 한 진짜 알바트로스는 그런 여성들을 가리키는 이름이어야 할 것 같다.

여성의 목소리에 귀 기울일 때, 여성의 역할을 동등하게 인정하고 공정한 기회와 평가가 가능하게 할 때, 여성이라는 이유로 불이익을 당하지 않게 할 때 여성들은 알바트로스처럼 능력을 발휘하게 될 것이다. 시청에서 사업소에서 집안에서 여성은 남성과 같은 동등한 인격체로 서로 존중하는 문화가 일상화될 때 커다란 날개가 아프지 않고 힘껏 펼쳐질 수 있을 것이다.

06

꿈이 이루어지던 날

선택. 사람들은 누구나 선택의 기로에 선다. 탕수육을 부어먹을 것인지 찍어먹을 것인지, 혼자라면 찍어도 먹고 부어도 먹을 수 있지만 여럿이 함께라면 문제는 달라진다. 여러 의견이 바람에 흩날리는 눈송이처럼 각자의 방향으로 분분할 때 리더의 가장 큰 역할 중 하나는 선택이다. 때로는 평생 후회할 결정을 내려야 하지만 그걸 피할 수는 없다. 나 또한 마찬가지였다.

산림조합장으로서 재직할 때 나는 늘 제자리를 맴도는 일은 축소하고 새로운 성장 동력을 창출하고 싶었다. 산림 조합원과 직원, 지역 시민이 동반 성장하는 일을 확대하고 싶었다. 하지만 기존의 익숙한 일과의 결별은 쉽지 않았고 새로운 시도는 환영받지 못했다. 익숙한 관성에서 벗어난 변화 시도는 완강한 저항을 불러왔다.

정읍산림조합유통센터를 짓는 과정이 특히 그랬다. 임업인들이 모인 산림조합은 농협이나 수협보다 소득이 현저히 낮다. 만약 한곳에서 모든 것을 해결할 수 있는 센터가 지어진다면 대한민국의 산림 유통에서 획기적인 역할을 할 텐데, 협동조합으로서 농협 못지않은 경쟁력도 갖출 수 있을 텐데….

나아가 판매와 힐링이 공존하는 곳, 시민들께서 산책하듯 와서 사시사철 따뜻하고 아름다운 화원을 구경하고 2~3천원짜리 작은 화분이라도 집으로 들고 가서 물 주고 바라보면 얼마나 좋을까? 장미나 허브, 다육식물들은 값도 싸고 생명력도 길다. 작은 화분 하나라도 자신의 공간에 놓아둔다면 공기와 풍경에 변화가 온다. 까만 텔레비전 옆에 꽃피는 화분 하나가 있다면 그 공간의 밀도와 그 공간에 있는 사람의 정서가 달라질 거라는 믿음이 내게는 있었다. 식물이 가까이 있으면 사람이 변화하고 그런 문화가 지역에 변화를 가져오지 않겠는가. 알약으로 기분이 좋아질 수도 있겠지만 꽃을 가꾸고 바라보는 그 미묘한 마음의 움직임은 알약으로는 불가능하다.

하지만 조합유통센터 건립할 때 반대와 우려가 컸다. 아직 아무도 가보지 못한 낯선 길이었기 때문이다. 나는 깊은 호흡을 했다. 숨 가쁘게 달려온 15년 세월을 되돌아보았다. 36세의 최연소로 정읍시 산림조합장에 선출된 그때 상황은 꼴찌 조합에 자본잠식이 진행되고 있었다. 조합원들과 직원들이 똘똘 뭉쳐서 2년 만에 흑자로 전환시켰고 그로부터 14년간 흑자 기록에 자산은 1,700억원을 돌파했고 1등 조합에 수여되는 전국 최우수산림조합상을 두 번씩이나 받지 않았는가. 고객 중심의 경영은 굳건하고, 나무시장과 임업에 필요한 장비와 제품을 한 번에 구입할 수 있는 '숲에on(온)마트'도 활성화되지 않았는가.

개인적으로는 경영을 인정받아 산림조합중앙회 대의원과 이사를 역임하고, 비상임감사로 활약했을 만큼 정읍산림조합의 위상은 탄탄해졌다.

조합원과 시민의 사랑이 있어 정읍산림조합이 계속 성장했고 지역주민들이 베풀어준 관심과 사랑만큼 지역사회에 환원하기 위한 노력도 호응을 얻고 있었다. 무엇보다도 사회환원사업은 정읍산림조합이 14년 연속 흑자경영을 이룰 수 있었던 든든한 버팀목이었다.

장학금을 전달하는 조합의 꿈도 실현되었다. 2012년부터 매년 20여 명의 지역 학생들에게 1,000만원 규모의 '늘푸른장학금'을 전달하고 있는데 그동안 선발된 학생만 100명이 넘었다. 겨울철 난방이 어려운 이웃들에게 숲 가꾸기 산물인 땔감을 나누고, 지역경제 활성화를 위해 지역에서 생산한 쌀도 나누어 먹는다. 추석 명절에는 벌초를 위해 임업용 기계 무상 애프터서비스 행사 등을 열어 임업인들의 경제적 부담을 덜어주는 환원사업까지 실시했다. 사회 환원이야말로 우리 조합이 지역민들을 위해 할 수 있는 최대의 서비스이고, 임업을 직접 경영하는 조합원과 산주처럼 지역민들과 함께 행복을 나누어야 산림조합도 존재 가치가 있다는 오랜 믿음이 꽃피지 않겠는가.

5천여 명이 넘는 조합원들이 정읍산림조합을 반석 위에 올려놓은 현재, 새로운 변화를 추구해야 하는 시기였다. 때는 저절로 오는 것이 아니라 사람이 스스로 만들어야 함을 동학은 역사에서 가르쳐주지 않았던가. 안주하면 고인 물이 된다. 이제는 산림조합이 한 발짝 껑충 뛰어올라야 할 시점이었다. 임산물 산지종합유통센터 건립에 신발끈을 조여 맬 때가 왔다고 생각했다.

마음 한구석엔 15년을 쉼 없이 달려온 터라 나 자신의 건강도 챙기고 가족과 주위를 둘러보며 얼마 남지 않은 퇴임을 맞이하고 싶은 마음 또한 없지 않았다. 하지만 산림조합이 성장 발전하기 위해서는 꼭 해야 할 일이 남아 있었다. 조합원과 조합이 상생하는 기틀을 마련하기 위해 오래전부터 계획하고 준비했던 유통센터 프로젝트를 실행하기로 마음먹었다. 이 일만 마무리되면 조합을 떠나 새로운 일을 해도 아무 여한이 없을 터였다. 그러나 주춤거리는 조합원과 직원들을 다그치며 강요할 수는 없었다. 난관에 봉착한 것이다. 나아갈 것인가? 포기할 것인가?

그런 고민 속에 만난 영화가 〈버티칼 리미트〉였다. 〈버티칼 리미트〉는 산악영화로 자연 앞에서 인간이란 얼마나 미비한 존재인지를 온통 하얀 눈으로 뒤덮인 거대한 산맥, K2를 배경으로 보여준다. 몰아치는 눈보라와 거대한 산사태의 위용 앞에선 인간은 속수무책, 그저 자연의 처분만을 기다릴 뿐이다. 이 영화를 통해 나는 선택과 결단을 배웠다.

그래, 도전하자. 직원들에게 꿈을 불어넣었다. 직원들과 함께 수십 번 회의를 하고 아이디어를 모으고 현실 가능한 계획을 세워 2017년 산림청 공모사업에 '로컬푸드 직매장 건립' 계획을 세워 응모했다.

'로컬푸드 직매장'은 대형마트처럼 각종 생필품은 물론 버섯과 두릅 등 다양한 임산물, 한우를 비롯한 정읍에서 생산된 품질 좋은 농축산물을 한곳에서 판매할 수 있는 곳으로 설계하였다. 특히 '로컬푸드'와 '산림'을 연계하여 깨끗하고 안전한 산림의 이미지에 건강한 먹거리인 로컬푸드를 연계함으로써 소비자들의 신뢰를 한층 더 쌓을 수 있다고 보았다. 더불어 지역 상권에 새로운 활력을 불어넣을 것으로 기대된다고 사업 계획안을 완성해 응모했다.

꿈은 현실이 되었다. 산림청 공모사업에 최종 선정된 것이다. 생애에서 두 번 느끼기 어려운 기쁨이 비현실적인 일처럼 닥쳤다. 로컬푸드 사업 선정에 따라 확보한 국비 5억원과 지방비 2억원에 자부담 3억원을 더한 총사업비 10억원이 투입되는 사업이었다.

'임산물종합유통센터'도 자부담 40억으로 함께 건설되었다. 생산자와 소비자 간 유통·판매 시설인 임산물 선별장과 판매장을 비롯해 유리온실(희망정원)과 숲카페는 완공 전부터 가슴을 설레게 했다. 유리온실에서는 야생화와 분재 등 지역 농가에서 생산한 꽃과 나무를 사계절 내내 전시·공급하고 각종 화훼 체험 프로그램도 운영할 계획이었다. 숲카페는 싱싱하고 아름다운 꽃과 나무가 배치된 공간에서 따뜻한 차 한 잔과 함께 숲속에 온 듯한 편안한 휴식을 취하면서 동시에 다양한 임산물과 가공품을 여유 있게 보고 구매할 수 있는 공간이었다.

준공식과 개장식이 있던 날, 발 디딜 틈 없이 시민들이 찾아왔다. 송하진 전라북도지사와 김용만 시장 권한대행, 이석형 산림조합중앙회장, 산림청 류광수 차장, 전북도의회 이학수 의원과 장학수 의원, 정읍시의회 유진섭 의장을 포함한 시의원들, 정규순 산림조합 전북지역본부장 그리고 정읍산림조합 조합원과 지역주민 등 2천여 명이 참석해 자리를 빛냈다고 신문마다 기사화되었다.

임산물유통센터와 로컬푸드 직매장 준공으로 국내에서 유일하게 로컬푸드에서부터 임산물 유통, 그리고 숲의 휴양 기능까지 집적화된 시설을 갖추게 되었다. 정읍에 쇼핑은 기본이고 휴식과 힐링까지 이어질 수 있는 새로운 개념의 유통시설이 들어섰고 특히 혁신적인 판로가 확보된 만큼 임업인과 농업인의 소득 증대에 큰 도움이 될 것으로 기대된다.

정읍시의 임업인들이 주로 생산하는 표고·두릅·취·복분자의 직거래 매장이 개설되고, 조경수·분재·야생화 등 초화류를 사계절 내내 공급할 수 있는 유리온실. 무엇보다 임산물 산지종합유통센터를 찾는 고객들이 언제든 쉬어갈 수 있는 쉼터 '숲속 카페'가 생기면서 단순히 물건만 사고파는 공간의 개념을 탈피했다. 따라서 금융, 산림경영 지도, 먹거리와 체험, 교육, 나무시장 등 임업과 관련된 서비스가 원스톱으로 제공돼 정읍시 농산업의 랜드마크가 될 것으로 기대되고 있다.

조합장 16년간의 고민과 노력이 조금씩 현실이 되어가고 있는 것을 보면 조합원들에게 감사한 마음이 가장 먼저 들었다. 앞으로도 정읍의 산림을 가꾸고 임업인들이 잘 사는 시대를 만들기 위해 그 노력은, 내가 떠난 이후에도 지속될 거라는 믿음으로 울컥했다. 여러 언론에 소개되면서 숲카페는 인기 있는 만남의 장소가 되었다.

아내는 얼마 후 친구들과 함께 다녀왔다며 거실에 자리 잡은 낯선 화분을 가리켰다. 숲카페가 아주 마음에 든다며 꽃과 나무가 많아 데이트하기에 좋은 카페라고 말했다. 나는 아내가 남편의 직장에 오가는 것은 적절하지 않다고 생각했기에 마트에서 장만 보고 얼른 오라고, 마트는 판매고를 위해 이용을 권유했지만 카페 이용은 되도록 자제하기를 바랐다. 나는 조합장 퇴임 때까지 숲카페에서 아내와 데이트하듯 마주앉아 차 한 잔을 마시지 못했다. 직원들도 불편하겠지만 행여 마주치면 나 또한 불편하기 짝이 없는 일일 터였다. 아내가 서운했을지 몰라도 어쩔 수 없는 일이었다.

07

선정의 꿈

'최고의 정치는 최선의 정치, 즉 착한 정치다'라는 말에 나도 동의한다. 그런 의미에서 칠보면에 위치한 무성서원은 선정善政이 남긴 불멸의 유산이다.

나는 칠보중학교를 다니면서 지금은 유네스코 세계유산이 된 무성서원을 가까이에서 보며 성장했다. 국어 시험에 무척 어려운 문제로 출제되곤 하던 〈상춘곡〉 가사를 쓴 정극인 선생이 무성 서원의 기틀을 마련한 분이다.

정극인 선생은 불교 숭상에 대한 입장 차이로 왕과 다투고 처 가가 있는 태인으로 낙향했다. 그리고 무성서원이 있는 마을인 원촌에 서당(지금으로 치면 학원)을 차리고 학생들을 모아 성리학 을 가르쳤다. 과거 공부가 아니라 선비됨을 가르치는 서당이었 다고 한다.

무성서원에서

무성서원 뒷산인 성황산 아래는 최치원 선생이 태산의 태수로 와서 백성들에게 착한 정치, 즉 선정을 베풀었던 관아가 있었다. '접화군생 여민동락'이라는 말은 최치원 선생과 떼려야 뗄 수 없는 말이다. 최치원 태수는 태산 백성들과 더불어 즐겼으며 백성들을 살리는 민생정치를 펼쳤다. 그런 까닭에 백성들은 태수가 다른 지역으로 부임해가자 성황산 기슭에 생사당을 지었다. 살아 있는 최치원을 성현처럼 모신 것이다. 생사당에서 생일날이면 모여 잔치를 벌이고 돌아가신 후에는 제사를 지냈다니 관리로서는 최상의 사랑을 받은 분이셨음에 틀림없다.

최치원 선생은 어린 나이에 당나라에 유학하여 과거에 급제한 엘리트였다. 그러나 골품제 신라에서 성골, 진골이 아닌 6두품 신분이었기에 불우한 변방의 관리로 머물렀다. 그러나 백성을 수탈하거나 재물에 욕심을 내지 않는 관리였다.

태인에 부임해온 현감 신잠도 최치원의 선정이 오래 기억되는 고을에서 선정을 베풀었다. 신잠 또한 성황산에 생사당이 지어지고 일가의 모습이 호랑이 한 마리와 함께 나무로 조각되어 지금도 전해오고 있다. 동학군들이 일본군들과 싸운 태인전투 과정에서 성황당은 불타버렸지만 신잠의 조각은 누군가의 손길로 보호되었다. 일제강점기와 6·25전쟁을 겪었지만 다행히 지금까지 남아 있다. 선정의 기억은 지워지지 않고 오래 유전된다는 것을 알 수 있다.

최치원 선생을 떠올리게 하는 인물을 나는 몇 년 전 텔레비전 책 소개 프로그램에서 보았다. 《세상에서 가장 가난한 대통령 무히카》의 주인공인 우루과이의 무히카 대통령이다.

5천만 명의 대한민국보다 아주 작은 인구 350만 명의 나라 우루과이! 무히카는 수도 몬테비데오 외곽의 허름한 농가에서 살면서 이웃들에게 '페페(할아버지)'라는 애칭으로 불린다.

"나는 나만의 생활방식이 있습니다. 대통령이란 이유만으로 이를 바꾸지는 않을 것입니다. 다른 이들에게는 부족할지 몰라도 나는 필요 이상으로 많이 벌고 있습니다. 그러니 이것을 희생이라고 말할 수 없죠. 이것은 의무입니다."

늘 자신을 농부라고 소개하며 취임 후에는 대통령궁을 노숙자들에게 내어주고 자신은 원래 살던 농가에서 친근하고 검소한 생활을 유지했던 대통령. 무히카는 특히 대통령답지 않은 청빈한 생활로 세계적 명성을 얻었다. 대통령으로 재직하면서도 마당에서 개를 돌보고 텃밭에서 채소와 꽃 키우는 일을 계속했다. 1987년식 낡고 작은 폴크스바겐 비틀 자동차를 직접 몰고 다녔고, 대통령 월급의 90%를 기부했다. 2015년 3월 퇴임 당시 그의 지지율은 당선 때(52%)보다 높은 65%였다고 한다.

2012년 유엔 지속가능발전 정상회의와 2013년 유엔 총회 전원회의에서 한 그의 연설은 그의 생태주의적 세계관을 잘 보여준다.

"우리는 더 많이 일합니다. 돈 나갈 데가 많기 때문입니다. 이런저런 할부금을 다 갚을 때쯤이면, 인생이 이미 끝나 있음을 깨닫게 됩니다. (…) 우리는 앉아서 일하고 알약으로 불면증을 해소하고 전자기기로 외로움을 견디고 있습니다. (…) 우리가 세계화를 막을 수 없는 것은 우리 생각이 지구적이지 않기 때문입니다."

　오늘날 부자 나라들에서 보이는 낭비를 모든 인류들에게 허용할 만큼 지구는 충분한 자원을 가지고 있지 않다며 선진국들의 맹목적인 소비 증가에 일침을 가한 무히카를 보며 내 자신을 돌아보았다. 수더분한 인상에 털털하고 사람 좋아 보이는 밝은 웃음을 짓는 친근한 대통령 호세 무히카. 하지만 그는 젊은 시절 반독재 투쟁을 하며 13년간 투옥과 탈옥을 거듭할 정도로 파란만장한 나날을 보냈다. 고등학교 졸업장도 없는 혁명가에서 국민에게 사랑받는 대통령이 되기까지 그는 늘 국가와 국민을 위한 깊은 고민에 빠져 지냈다.

　"나는 가난하지 않다. 단순하게 살 뿐이다. 세상을 사는 데 그렇게 많은 것이 필요하지 않다."

　"진짜 가난한 사람은 많이 갖고 있어도 더 가지려고 안달하는 사람이다."

　무히카 대통령은 정치인이라기보다는 깨달음을 바탕으로 가치 있는 삶의 방식을 창조하는 현인처럼 보인다. 내면의 단단한 힘이 느껴지는 보기 드문 특별한 정치인이다.

　"사람이 물건을 살 때 그것은 돈을 주고 사는 게 아니다. 내가 그 돈을 벌기 위해 쓴 시간으로 그 물건을 사는 것이다."

　"지위와 명예, 능력이 온전히 자기 스스로 이루어낸 것이 아닌, 국민들이 준 훈장과도 같은 것, 대통령으로서 얻게 된 모든 것들은 자신의 것이 아닌 국민의 것, 내 것이 아닌 것은 나눠야 한다는 것을 알아야 한다."

"대통령으로 선출된다는 것은 세상의 모든 돈을 갖는 것보다 더 영광스러운 일이다. 왜냐하면 국민들이 뽑는 것이기 때문이다. 대통령이 실수는 할 수 있지만 절대로 국민들의 뜻을 거스르면 안 된다."

위 무히카의 말들은 비단 한 나라의 대통령뿐만 아니라 시장, 시의원 등 선거로 당선된 정치 지도자들 모두가 기억해야 할 말이다. 물론 이런 말과 행동의 일치는 보통 사람들에게는 엄청나게 어려운 도덕적 당위임에 틀림없다. 대통령궁을 노숙자 쉼터로 내주고 닭과 개를 키우며 작은 농가주택에서 살다니! 딱정벌레 같은 자동차 한 대를 몰고 출퇴근하며 월급의 90프로를 빈민주택사업에 기부하다니! 최치원이나 무히카는 나 같은 보통 사람이 닿을 수 없는 성인에 가까운 사람이다. 그 행적을 다 따라 하기에는 한참이나 모자란 사람이지만 마음속에 모시며 삶의 방향을 되돌아볼 분이다. 그리고 예나 지금이나 사람들은 누구나 선정을 베푸는 지도자를 고대한다는 걸 정치를 하는 사람들은 깊이 새겨야 할 것이다.

글을
마치며

지극히 정성을 다하는 사람만이
나와 세상을 변하게 할 수 있다

"할머니, 뭐 묵을 거 없어?"

"출출허냐? 머 묵고 시픈디?"

"떡 묵고 자픈디."

"그려?"

부엉 부엉 겨울밤은 길었다. 낮에 아랫목에서 뒹굴거리다 낮잠이라도 잔 날이면 한밤중에도 눈이 말똥말똥했다. 배가 굴풋한데 고구마나 무 깎아먹기는 싫고 부엉이들이 떡해 먹자고 운다는 할머니 이야기를 들으면 떡이 먹고 싶었다.

"할매, 우리 집엔 쌀이 있지?" 하고 물으면 할머니는 "그럼, 우리 손자 밥해주고 떡 해줄 쌀이 많이 있지" 하고 답을 하시고 그러면 나는 할머니에게 떡이 먹고 싶다고 말했다. 할머니는 일어나서 밤중에 부엌에 불을 켜고 아궁이에 불을 피워 떡을 해주셨다. 쌀밥을 지어 소금을 넣고 작은 절굿공이로 콩콩 으깨어 콩고물에 굴려주시던 그 인절미 맛을 잊을 수가 없다.

한밤중에 난데없는 떡 잔치에 온 가족이 잠에서 깨어 살얼음 낀 동치미 국물을 떠다놓고 먹던 떡처럼 맛난 떡이 어디 있으랴. 그 후로도 종종 떡보 손주가 떡이 먹고 싶다면 오밤중에도 불을 피우던 할머니. 그 마음이 얼마나 큰 정성이었는지 나이가 들고 나서야 깨닫고 눈시울이 뜨거워진다.

처음 조합장에 당선되고 할머니 묘소를 찾았을 때 나는 조합에 모든 정성을 쏟겠다고 할머니께 약속했다. 2017년 정읍산림조합이 두 번째 경영우수조합 '대상'을 수상하고 산림조합중앙회 대강당에서 직원들과 함께 정읍산림조합 깃발을 힘차게 흔들던 순간의 기쁨은 평생 잊지 못할 것이다. 한 번 받기도 어려운 대상을, 그것도 꼴등 조합이라 자괴감에 빠져 있던 조합이 당당하게 두 번이나 수상했으니 여한이 없었다. 상을 받고 서울에서 돌아오는 밤길, 할머니 생각이 많이 났다. 할머니가 계셨다면 얼마나 기뻐하셨을까? 할머니에게 상장을 보여주지 못해 못내 아쉬웠다.

다음날 출근한 직원들은 다들 신문을 펼쳐들고 싱글벙글했다. 쉴 새 없이 전화벨이 울리고 꽃 화분이 도착했다. 아침 조회에서 신문을 펼쳐놓고 사진과 기사를 돌려보며 다들 잔치 분위기를 만끽했다.

정읍산림조합이 또 한 번 '만루 홈런'을 때려냈다. 산림조합중앙회가 매년 선정하는 경영우수조합 '대상'을 차지했다. 지난 2013년에 이어 두 번째다. 산림조합이 창립된 이후 55년 만의 쾌거다. 경영우수조합 대상에 선정되면 3년간은 타 조합에 양보하는 규정이 있다. 이 규정이 없었다면 정읍산림조합은 올해로 '대상 5연패'도 가능했다.

정읍산림조합이 지난 23일 산림조합중앙회 제55기 정기총회에서 2017년도 경영우수조합과 산림조합발전유공자에 대한 정기표창 시상식을 가졌다. 이날 산림조합종합경영평가 경영대상(전국 1위) 조합으로 선정된 정읍산림조합은 지난 2013년도에도 이와 같은 산림조합종합경영평가 경영대상(전국 1위)으로 선정되어 농림축산식품부장관 표창을 받은 바 있다. 경영대상(전국 1위)으로 연속 두 번 수상한 것은 전국 최초의 일이다.

정읍산림조합 김민영 조합장은 "이 같은 영광을 안게 해주신 정읍 시민과 조합원, 그리고 고객분들께 다시 한번 진심으로 감사드린다"며 "앞으로 임업인의 지위 향상을 위해 최선의 노력을 아끼지 않겠다"고 다짐했다.

정읍산림조합 김민영 조합장은 "이제는 심고 가꾸는 역할을 넘어 경영의 시대를 맞이했다"며 "파리기후변화협약을 통해서 산림의 소중함은 지구촌 최대의 관심사이고. 선진국일수록 산림이 잘 보존되고 숲이 울창하다"고 산림의 중요성에 대해 강조했다.

이어 김 조합장은 "산림은 국가 수준을 평가하는 척도이고 국가의 위상을 높이며 임업강국은 선진국을 대변한다"며 "산에 나무를 심는 이유는 가꾸고자 하는 이유도 있겠지만 이제는 경영해야 하는 이유이고 풍요로운 숲에 우리의 희망찬 미래가 있다"고 덧붙였다.

정읍산림조합의 경영대상(전국 1위) 수상은 시민들과 조합원을 위한 환원사업과 봉사활동 등의 숨은 결과물이다.

정읍산림조합은 매년 1시민 1나무 심기 운동을 전개해 내 나무 갖기 캠페인 행사를 통해 3,000본을 정읍 시민에게 무상으로 지원하고 있으며 어려운 이웃을 위해 겨울철에는 땔감 나눠주기 및 독거노인과 복지시설에 우리 고장에서 생산한 단풍미인쌀 200가마를 전달해 훈훈함을 더하고 있다.

특히 산불 조심 캠페인 및 겨울철 야생동물 먹이 주기 캠페인, 시민들이 자주 찾는 공원 및 등산로 주변 쓰레기 줍기, 나무 이름표 달아주기 행사 등을 통해 산림보호와 녹색성장의 기틀을 마련하는 데 힘쓰고 있다.

이와 함께 일선 임업인을 위해 조합에서 운영 중인 임업 기자재를 취급하고 있는 '숲에on(온)마트'에서는 매년 추석 전, 임업인과 성묘를 앞두고 있는 성묘객을 위한 기계톱 및 예취기 등 '임업용 기계 무료 A/S행사'를 통해 시민들로부터 뜨거운 사랑과 호평을 받고 있다.

정읍산림조합은 조합원 자녀에게 '늘푸른장학금'을 총16명(고등학생 1명, 대학생 15명)에게 1,550만원의 장학금을 수여하는 등 지역 인재육성과 지역발전에도 기여하고 있으며 산주와 임업인 교육을 통해 임업인의 소득증대를 꾀하는 등 '시민이 행복한, 자랑스러운 정읍 만들기'에 일조하고 있다.

신문기사 행간마다 그동안 우리들이 혼신의 힘을 쏟아 해왔던 그 순간들이 파노라마처럼 지나갔다.

영화 〈역린〉에서 나를 감동시킨 장면이 있었다. 정조 임금이 신하들과의 경연 자리에서 "앎이 통찰이 되고 통찰이 실천이 되어야 학문의 완성"이라며 신하들에게 《중용》 23장을 아느냐고 묻는 장면이 있다. 신하들 그 누구도 답을 못하는데 임금의 서책을 관리하는 내관이 답한다.

"작은 일도 무시하지 않고 최선을 다해야 한다. 작은 일에도 최선을 다하면 정성스럽게 되고, 정성스럽게 되면 겉으로 드러나게 되고, 겉으로 드러나면 이내 밝아지게 될 것이다. 밝아지게 되면 남을 감동시키고, 남을 감동시키면 변하게 되고, 변하면 생육된다. 그러니 오직 세상에서 지극히 정성을 다하는 사람만이 나와 세상을 변하게 할 수 있는 것이다. 이것이 《중용》 23장이옵니다."

작은 일에도 최선을 다하면 세상을 변하게 할 수 있다는 이 구절에 세상을 바꾸려는 정조의 의지가 담겨 있었다. 아버지 영조 임금에 의해 뒤주에 갇혀 죽은 비운의 사도세자의 아들로 태어나 조선의 르네상스를 일군 정조 임금이 국정에서 정성을 가장 중요시한 리더였음을 보여주는 대목이다.

내 마음에도 새겨진 이 구절은 조합장을 하면서 어려울 때마다 힘이 되었다. 정읍산림조합 같은 작은 일을 어찌 국정에 빗대냐고 말하는 사람이 있을지도 모른다. 그러나 세상에 쉽고 작은 것은 없다. 설혹 작은 일이라도 최선을 다하고 정성을 쏟아 감동과 변화를 이끌어내는 사람만이 큰 세상도 바꿀 수 있지 않겠는가. 정성이야말로 변화의 시작이다.

꽃다발과 떡을 가지고 할머니 묘소에 갔다. 겨울 묘소에는 억새만이 나부낀다. 억새는 이미 누렇게 시들어 더 이상 물과 양분을 줄기로 펌프질 하지 않지만 아직 할 일이 남아 있다는 듯 꽃꽂하게 자리를 지키고 있다. 봄이 오고 봄비가 내리고 뿌리에서 비로소 새싹이 움트면 그제서야 억새는 뻿뻿한 기세를 꺾고 부드럽게 새싹에 엎드릴 것이다. 꽃샘추위나 늦눈이 오면 새싹이 얼지 않게 덮어주는 이불이 되고 따뜻한 봄비에 녹아 뭉개지면 양분이 되어 뿌리로 스며들 것이다. 흔들리는 억새는 손주를 태우고 칠보로 가는 버스 꽁무니를 하염없이 쳐다보며 마을 앞 정류장에 서 있던 할머니 같다.

《중용》에서 말하는 '생육'이란 상대가 따르면 자연스럽게 변하게 된다는 뜻이다. 살아 있는 교육이라는 뜻이다. 정성을 들이면 그걸 보는 상대 또한 자연스럽게 보고 따라 배운다는 산교육이다. 나에게 정성이 무엇인지 보여주시고 생육시켜주신 분은 나의 할머니시다. 《중용》 23장을 할머니는 외운 적은 없으시겠 지만 평생토록 할머니는 그 정성을 마음과 몸으로 보여주시고 내게 스미게 해주셨다.

"할머니, 저 떡보 민영이여요. 하늘에서 다 보고 계시지요? 추 운 밤중에 떡 해달라는 철없는 손자 응석에 나무라지 않고 떡을 해주시던 할머니. 할머니, 제가 이번에는 제가 태어나고 평생 뿌 리박고 살아온 정읍을 위해 일을 해보려고 합니다. 할머니가 저 에게 주신 정성의 힘으로 저도 최선을 다해 감동과 변화의 이야 기를 만들어볼게요. 할머니, 저 믿으시죠?"

JTV '인물탐구'
정읍시장 출마 예정자 김민영 편

지방선거를 앞두고 JTV 전주방송에서는 '인물탐구' 프로그램을 통해 전북의 시군 단체장 출마 예정자들의 인터뷰를 생방송으로 진행했다. 첫선을 보러가는 심정이었다. 아내는 넥타이를 몇 번이나 바꿔 매면서 양복을 새로 사야 했다고 후회했다. 나는 그런 것보다 생방송에서 실수를 할까봐 몹시 긴장되었다. 시작도 전에 목이 탔다. 방송국 조명에 불이 환하게 들어오는 순간 머릿속은 하얘졌다. 그래도 정신줄을 꽉 붙들고 아나운서의 질문에 최선을 다해 대답하면서 정읍시장에 출마하는 김민영을 시민들에게 선보였다. JTV의 동의를 얻어 그 내용을 여기에 옮겨 싣는다.

아나운서 안녕하세요? JTV 인물탐구 35번째입니다. 단체장 출마 예정자를 초대해 조명해보고 탐구해보는 시간을 마련했습니다. 오늘은 김민영 전 정읍산림조합장 나와주셨습니다. 어서 오세요.

김민영 예, 반갑습니다.

아나운서 예, 인물탐구 출연하신다고 주변분들께 많이 홍보하셨나요?

김민영 많이는 못했는데 아는 분들은 아시는 것 같습니다. 끝나고 나면 홍보 많이 하겠습니다.

아나운서 먼저 이렇게 나오셨으니까 본인 소개와 함께 지금껏 의미 있었다고 생각하는 대표적인 몇 가지 경력들 자랑을 좀 해주시죠.

김민영 저는 정읍 산내면에서 태어났습니다. 산내면은 아주 시골이거든요. 아마 대한민국의 면 중에서 두 번째로 못 산다고 제가 들은 적이 있습니다. 여기서 태어났구요. 36살에 산림조합장에 전국 최연소로 당선이 되었습니다. 그래서 18년 동안 산림조합에서 근무를 하게 되었는데요, 근무를 하면서 여러 가지 추억도 많고 또 과정에서 좋은 일도 많이 있었던 것 같습니다. 2012년에는 중앙회 이사에 당선되었구요. 바로 이어서 감사에 또 당선되는 영광을 갖게 되었습니다. 리스크 관리위원이나 조합장들 협의회 회장도 하게 되었습니다. 그리고 제가 처음에 조합을 맡았을 때 전국에 143개 조합이 있었는데 지금은 142개 조합입니다. 한 곳이 없어졌어요. 그때 (우리 조합이) 141등,

이렇게 조합이 어려웠었는데요. 우리 직원들이 한마음이 돼주시고요, 임원님들께서 조합을 도와 조합을 열정적으로 도와주시고 또 시민들도 함께해주셔서 전국에서 2013년도, 2017년도 두 번에 걸쳐서 경영평가대상을 받는 영광을 갖게 되었습니다. 아마 이런 모든 것들은 조합원들과 정읍 시민들의 도움이 있었기 때문에 가능했던 것 같습니다. 또 저도 덕분에 대통령상도 50주년 행사 때 받을 수가 있었습니다.

또 정읍에 구절초 축제를 제가 위원장을 맡아서 했습니다. 구절초 축제도 꽃 축제로서는 처음에는 농가들에게 도움이 되고자 경관농업의 일환으로 시작되었는데요. 대한민국을 대표할 수 있는 꽃 축제로 성장을 하게 됐습니다. 아마 그런 비결들은 시민들하고 그다음에 관광객, 행정이 한마음이 되어 축제를 준비했기 때문에 가능하지 않았나 이렇게 생각합니다. 저도 꽃 축제를 보려고 영국의 장미축제라든가 네덜란드의 튤립축제, 또 스위스의 수선화축제 등 이런 많은 세계적인 축제도 가봤었는데요, 아마 꽃 축제로서는 대한민국뿐만 아니라 세계를 대표할 수 있는 축제로 앞으로 성장해나갈 것 같습니다. 그래서 구절초 꽃을 시화로까지 정읍에서도 관심을 갖고 성장을 시키고 있습니다. 대한민국의 가보고 싶은 관광공사가 선정한 베스트 100에도 선정이 되었구요, 그래서 이 자리를 빌려서 축제 때 와주신 관광객들이나 또 도움을 주신 시민 여러분들께

도 감사 말씀을 드리고 싶습니다.

그리고 당에서는 더불어민주당 중앙당 정책위 부의장으로 활동을 하고 있구요, 또 요즘은 생활체육에 관심이 많잖아요, 거기에서 부회장을 맡고 있습니다. 또 학생들한테 장학금을 정읍시에서 책임성 있게 주고 있는데 여기에서는 제가 정읍시민장학재단 이사를 맡고 활동을 하고 있습니다.

아나운서 예, 산림조합장만 18년을 무려 해오셨고 참 꾸준하게 한 길 걸어 오셨는데요, 저희가 사전에 준비해온 사진 함께 보면서 인생사 이야기 더 나누어 보겠습니다. 화면으로 함께 보겠습니다.

김민영 이것은 제가 북한에, 북한이 지금 산이 상당히 황폐돼 있거든요. 그때 저희가 산림중앙회와 함께 했어요. 북한에 가서 감나무 심기 행사를 했는데 북한이 먹고사는 것이 어렵기 때문에, 지금도 그때 기억에 남는 것은 감이 익기 전에 다 따먹어버

북한 협동농장 감나무 심기

리니까 주변에 펜스를 좀 쳐주었으면 좋겠다고 했는데 펜스를 못쳐주고 와서 지금 감나무가 어떤 상태인지 저도 궁금하네요.

아나운서 조만간 멀지않은 미래에 또 가볼 수 있기를….

김민영 저도 지금 한번 가봤으면 좋겠습니다.

아나운서 네, 다음 사진은요?

산림조합중앙회 직원 대상 강의

김민영 예, 이것은요, 정읍산림조합이 꼴등 조합에서 일등 조합이 되다보니까 경영 철학이 뭔지 많은 사람들이 궁금해 했어요. 그래서 신규 직원들이 온다든가 그렇지 않으면 임업인들을 상대로 해서 전국을 다니면서 강의했던 그런 모습입니다.

아나운서 네, 다음 사진도 한번 보지요.

국회 심포지엄

김민영 예, 이것은 지금 우리가 나무를 심으면, 사실은 요새는 환경문제, 탄소, 2050년까지 탄소 중립을 문재인 대통령께서 선언하지 않았습니까? 그러기 때문에 자연이 아주 소중하고 중요합니다. 그런데 임업인들 입장에서는 산을 가꾸더라도 나무를 베기까지는 40년, 50년이 걸려요. 그래서 돈이 안되거든요. 그래서 산림을 통해서 어떻게 하면 소득을 올릴 것인가, 이런 것을 국회에서 심포지엄 했을 때 제가 임업인을 대표해서 참가했던 그런 모습이 사진에 보이고 있네요.

나무 나눠주기 행사

김민영 아, 이것은 사실은 우리가 생활을 하는 데 있어서 종이를 쓴다든가 이런 것들이 다 나무로 만들어졌잖아요. 가구도 그렇고 소비는 많이 하는데 실질적으로 나무를 한 주도 안심는 분들이 계세요. 그런 분들께 내 나무 갖기 운동의 일환으로 (정읍산림조합에서) 무상으로 나무를 나누어 드리는 모습입니다.

아나운서 그럼 다음 사진을 보겠습니다. 여기 어디에서 사진을 찍으신 건가요?

김민영 이곳은 내장산 입구에 있는 내장산 생태공원인데요. 이곳도 그때 조합에서 조성을 해서 지금은 시민들로부터 많은 사랑을 받고 있어요. 특히 이번에 윤준병 국회의원이 내장산 국립공원이 내장호 주변 일부를 해제를 시켰기 때문에 그동안에 스쳐갔던 관광지였다면 이제 머물면서 즐길 수 있는 관광지가 될 수 있는 어떤 기반이 만들어진 것 같아요. 저기도 지금 국립 공원이기 때문에 이제 차 한 잔 마실 수 있는 공간이 없거든요. 아주 아름답기는 한데요. 아마 그런 편의시설이 앞으로는 가능 할 것 같습니다.

아나운서 예, 계속해서 산림 관련한 업적들을 보고 있는데요. 다음 사진도 한번 볼게요.

인도네시아
조림 사업

김민영 아, 이것도 (웃음) 계속 제가 산림조합장에 오래 있다 보니까 산림에 관계된 사진들이 많이 있는 것 같은데요. 인도네시아에 가서 저희가 조림을 했던 경관입니다. 인도네시아에서 식목일날 초대를 해서 가서 인도네시아 같은 데도 산림을 잘 가꿨던 부분이 있거든요. 조림이나 이런 부분에 있어서 우리나라 기술력이 아주 좋습니다. 그래서 영림소도 가 있고 저희들이 가서 기술도 제휴하고 그랬습니다.

아나운서 네. 또 봉사활동도 열심히 해주셨다구요?

점심식사 봉사활동

김민영 이제 봉사활동은 생활하는 데 있어서 기본인 것 같습니다. 어려운 이웃들과 함께하고 힘든 분들한테 손을 잡아드리고 또 그분들하고 삶의 희망을 엮어가는 거구요. 이건 저희가 그때 점심식사를 대접하는 그런 모습인데요, 이렇게 한 번씩 하면 저희가 봉사활동 하는 것이 오히려 저희한테 큰 도움이 되고 저희한테 즐거움이 되는 것 같습니다. 그래서 어르신들한테 항상 감사한 마음을 갖고 있습니다.

이것도(연탄 봉사활동) 마찬가지인 것 같아요. 사실 요즘 연탄을 때는 가정이 많지 않은데요. 이게 지금 행사한 것이 일주일 정도 된 것 같은데. 가장 최근에. 그런데 차도 안들어가지, 그때 봉사활동 했던 분들이 한 50명 이상이었거든요. 릴레이로 이렇게 쭉 연탄을 날랐었는데 그래도 사람이 부족할 정도였어요. 1000여 장 연탄을 갖다 드렸는데 정말 잘했구나, 아직도 이런 이웃이 지금도 있구나, 새롭게 볼 수 있었던 것 같습니다.

아나운서 예, 이렇게 쭉 얘기를 해주셨는데요. 그렇다면 처음 정치에 입문하게 된 계기와 이유, 궁금합니다.

김민영 예. 그것은 제가 사실은 노무현 대통령을 평상시에 좋아했어요. 성격도 호탕하지만 자기표현도 강하잖아요. 저는 가끔 그렇지 못할 때도 있거든요. 그런데 노무현 대통령을 그때도 좋아했지만 대통령을 그만두시고 봉하 마을에서 생활하는 모습이 너무 멋있더라구요.

이 앞에도 보면 지금 손녀딸하고 자전거를 타고 가는 모습이 있는데 아 그때 제가 마음속으로 생각을 했던 것 같아요. 저도 어려운 이웃이라든가 힘든 분들한테 손을 잡아줄 수 있는 정치인이 돼봐야겠다, 특히 행정가가 한 번 돼봐야겠다 이런 생각을 하게 됐습니다. 왜 그러냐면 제가 다른 업무(산림조합장)를 하면서 이렇게 보면은 그 업무만 가지고는 해결을 못해 드리는 부분들이 의외로 많이 생기더라구요. 예를 들면 노점상을 하는 분들한테라든가, 그렇지 않으면 청소하는 분들이라든가, 그렇지 않으면 예를 들어서 농사를 짓는 분들이 어떤 건의를 했을 때 제가 할 수 있는 부분이 좀 한계가 많이 있더라구요. 그래서 아 이런 경우에는 내가 직접 한번 이분들하고 손을 잡고 행정에 도전을 해보면 어떨까….

아나운서 예, 시민들이 원하는 정책을 직접 실행을 하고 추진을 하려면, 이런 생각을 하신 거네요?

김민영 아, 예. 그게 아무리 제가 건의를 하고 그러더라도 제 맘 같이 되지 않는 경우가 있더라구요. 제가 그분들을 통해서 느꼈던 부분들을 그대로 전달하기가 쉽지가 않더라구요. 그래서 제가 가장 크게 마음을 먹게 된 것들은 어떻게 보면 시민들을 통해서 시민들과 함께 이분들의 어려움이라든가 이분들이 힘든 것, 그리고 이분들에게 희망을 전해줄 수 있는 좋은 계기가 되지 않을까? 그렇게 정치를 생각하게 된 동기가 되었습니다.

장애인과 함께하는 아름다운 산행

이 사진도 좀 말씀을 드려야겠네요. 우리가 휠체어를 타고(타는 사람이라면) 길이 없는데 정상으로 올라갈 수가 없잖아요. 그런데 우리가 휠체어를 메고 우리 동료 직원들하고 한 8명 정도가 같이 메고 올라갔어요. 근데 올라가는 도중에 그렇게 즐거워 하는 거예요. 정상에 올라갔을 때 표정이라든가 즐거움은 말도 못해요. 만세를 부르구요. 비행기 타고 올라가서 보는 거하고 우리가 땀을 흘리고 정상을 같이 올라갔을 때하고는 비교할 수가 없어요. 예, 그래서 나눔이나 배려가 남을 위한 것이 아니라 나를 위한 거다, 이런 것을 절실히 느끼게 해줬습니다.

이 사진은 노점상분들인데요. 바로 저런 분들을 위해서 제가 시장에 도전한 계기가 된 것 같습니다.

아나운서 저희가 다른 질문으로 넘어가보겠습니다. 본인의 가장 큰 장점이라면?

김민영 저의 장점은 그런 것 같아요. 저는 앉아서 이렇게 생각하고 이런 것보다는 현장에 직접 가서 일을 해결하려고 하고 현장에 가서 노력하고 답을 찾고. 이게 저의 큰 장점인 것 같습니다. 그리고 두 번째 장점은요, 어떤 의사결정을 할 때까지는 저 혼자 하는 게 아니라 꼭 전문가 의견을 듣습니다.

아나운서 예.

김민영 그리고 깊이 고민하고 결정이 났을 때는 함께하는 사람들을 설득합니다. 동기부여를 분명히 드리는 거죠. 왜 우리가 이 일을 해야 하는지 이렇게 했을 때 어떤 효과가 있는지 이렇게 해서 함께 가면 못할 일이 없더라구요. 그래서 저는 전국 꼴등 조합을 전국 일등도 했고. 또 구절초 축제를, 물론 제가 혼자 한 건 아니지만 함께 해서 그렇게 성공을 했던 것들은 함께하는 문화, 서로가 함께하는 것, 나 혼자 하는 게 아니라 능력 있는 분, 그렇지 않으면 좀 부족하지만 어깨동무를 같이해서 가는 이것이 저한테 가장 큰 장점이고 추진력이고 힘인 것 같습니다.

아나운서 예. 그렇다면 단점, 부족한 점이 있으시다면요?

김민영 예, 단점은 그러다 보니까 주변에서 그런 얘기를 많이 해요. 너는 무슨 결정을 하는 데 시간이 (많이) 걸리냐, 빨리빨리 결정을 좀 해라, 이제 이런 이야기를 가끔 듣습니다. 그러다 보면 좀 미안하기도 하고 조금만 더 기다려봐 조금만 더, 이런 경우가 제가 있습니다. 이게 저의 단점이기 때문에 의사결정을 할 때는 앞으로 좀 빨리 해야겠다, 그래서 좀 뭐라고 할까요? 그분들이 생각할 때 추진력만 있는 게 아니라 결단력도 바로바로 있구나! 이런 면을 보여줘야겠습니다.

아나운서 느끼실 수 있도록? 예, 좋습니다. 다음 코너는 내 삶에 큰 영향을 준 내가 존경하는 인물입니다. 화면으로 띄우도록 하겠습니다. 함께 보면서 이야기 나누죠.

김민영 예, 우루과이 호세 무히카 대통령인데요. 제가 이분을 참 존경하게 된 것은 그렇습니다. 사실은 우리가 대통령 자리에 올라가면 최고의 자리에 올라가는 거잖아요? 그러면 권한도 가지고 경제적인 것이나 모든 것을 가지게 되는데 이분은 본인이 일반 시민이라는 것을 대통령 때도 잊지 않고 생활을 했던 것 같아요. 굉장히 서민적이었거든요. 그래서 자기가 받는 월급의 90%를 내놓고 자동차도 몇십 년 동안 타고, 그리고 궁을 이용하지 않고 출퇴근하고.

아나운서 솔선수범하는 모습을 보여주셨군요.

김민영 예. 제가 바라는 단체장 상도 이런 모습이 아닌가 생각을 하고 본받고 싶은 분 중에 한 분입니다. 또 최치원 선생님

사진이 화면에 보이는데 저는 또 이분이 정읍에 태산 군수로 있었기 때문에 상당히 존경을 합니다. 지금 유네스코에 등재된 무성서원에 초상화가 지금도 있는데요, 이분도 마찬가지였던 것 같아요. 생사당을 백성들이 지어서, 보통 돌아가셨을 때 사당을 짓지 않습니까? 그런데 살아서 지어주고 예를 지내줄 정도로 시민들한테 국민들한테 많은 사랑을 받았던 그런 분입니다.

그리고 정읍하면 또 전봉준 장군을 빼놓을 수가 없는 것 같아요. 저는 다른 것 다 빼더라도 딱 한마디로 표현하고 싶습니다. 백성은 하늘이다, 인내천 사상. 이게 가장 마음에 와닿고 또 그것을 몸소 실천을 했고 한 사람 한 사람을 하느님 보듯이 했고 또 하느님같이 사랑했다는 것. 저도 삶을 살아가는 데 있어서 정말로 어려운 이웃이고 힘들고 어려운 노약자들이나 이런 분들한테 하느님같이 소중한 그런 사람으로 대할 수 있도록 하고 그런 마음가짐으로 생활할 수 있도록 노력을 하겠습니다.

아나운서 예. 마지막 사진.

김민영 이분은 제가…. (부모님 사진이 화면에 뜨는 순간 갑자기 목이 메고 눈물이 핑 돌아 말문이 막혔다.)

아나운서 부모님이시죠?

김민영 예, 제가 그… (물을 마시지 않을 수 없었다) 아주 그 시골에

사랑하는 나의 부모님

서 태어났잖아요. 그때 농촌이 예전에는 일꾼이 있었어요. 저희
가요. 그런데 인건비가 올라가고 밖에서 (직장) 생활하는 것이
돈벌이가 되다보니 (시골에 일꾼이) 거의 없었습니다. 그러다 보니
아버님도 고생을 많이 하셨지만 특히 어머님이 고생을 많이 하
셨습니다. 어머님이 시골에 거름을 나르려면 지게로 날라야 했
습니다. 경운기도 (산밭에) 갈 수 없으니까. 그때 지게질도 하
시고 그러셨던 것 같아요. 지금도 아버님이 제가 정직하니 살
라고 5시 30분만 되면 일어나셔가지고 소밥을 주고 지금 81세

되었는데 그렇게 하고 계십니다. 어머님도 마찬가지고요. 아마 제가 바르고 정직하게 살 수 있도록 지켜주시는 분은 바로 저 앞에 계신 분들입니다.

아나운서 예, 조금 울컥 하셨는데 존경하는 인물 네 분을 말씀 하셨지만 존경하는 이유가 하나로 다 맞닿아 있다, 이런 생각 이 듭니다. (텔레비전에 나와서 이렇게 눈물을 보이면 안되는데 머릿 속이 참 복잡해서 또 물을 마시지 않을 수 없었다. 다행히 아나운서의 말이 길어졌고 그 사이 마음이 진정되었다.)

아나운서 이제 현안 얘기로 넘어가보겠습니다. 전체 정읍 인구가 약 10만 명 정도이고 계속해서 감소하고 있지요. 유입 인구, 유 입 늘리고 전출 막기 위해서는 어떤 것들이 가장 중요하다고 보시는지요?

김민영 예. 화면에서 보면 인구가 지금 정읍 같은 경우 10년 사 이에 12%가 줄었거든요. 지금 정읍에 인구가 11만이 안되고 있습니다. 제일 많을 때, 1960년대에 28만까지 됐다고 하더라 구요. 거기다 대면 지금은 절반도 안되지 않습니까?

아나운서 예, 전북에서 가장 많았던 시절도 있었다고 제가 알고 있습니다.

김민영 예, 호남지역에서 세 번째로 많았다고 하더라구요. 인구 가 줄어드는 것은 출생률이 낮고 고령화가 되고 그러기 때문에 정읍만의 문제는 아닌 것 같아요. 그런데 또 한편으로 생각하면 지금은 예전에 비해 교통이 좋고 (지방 도시도) 경쟁력 있는 그런 사회잖아요? 그러기 때문에 어떻게 준비하느냐에 따라서 인구가 빠져나갈 수도 있지만 유입될 수도 있을 것 같아요.

첫째가 지금 출산율이 낮기 때문에, 출산을 안하는 것은 어떤 문제가 있으니까 안 하는 거 아니에요? 우리 젊은 친구들이 결혼을 해서 아이를 가질 수 있는 환경을 만들면 낳지 말라고 해도 낳을 거 아니에요? 이 환경을 어떻게 만드느냐가 첫 번째 숙제 같구요.

두 번째는 아이들을 키우는 데 있어 문제인 것 같아요. 제가 봤을 때는, 지금 정읍 같은 경우에도 일 년 출생아 수가 3백 7,8십 명밖에 안되거든요. 그래서 아이를 나면서부터 부모가 아이를 키우기는 하지만 모든 뒷받침은 행정에서 충분히 해줄 수 있다고 생각합니다. 그래서 고등학교 다닐 때까지는, 요즘은 영어 같은 게 중요하잖아요? 그래서 외국에 연수를 6주 정도는 학생들한테 보내주는 것도 충분히 가능할 것 같아요. 이렇게 해서 (세계를 보는) 눈이 트여서 경쟁력을 갖게 하고 지역에 감사함을 가질 수 있도록 하구요.

대학에 갔을 때는 반값 등록금이라든지 또 전액도 우리가 한 번 정도는 시민들하고 토론을 해서 검토를 해봐야 하지 않나 생각을 합니다. 그래서 정읍에서 아이를 낳으면 정말 키우기 좋다, 오히려 아이가 있어서 행복하다, 이런 느낌을 갖게 해주는 게 중요하구요.

두 번째는 귀농 귀촌인 것 같아요. 귀농은 사실 젊은 사람들의 꿈을 키워야 하기 때문에 생활의 터전이 아주 좋아야 됩니다. 모든 여건들이 맞아야 하는 거거든요. 그래서 이분들한테는 자금지원이라든가 교육이라든가 이런 게 중요하구요. 귀촌은 그런 것 같아요. 정년을 하고 나서도 올 수가 있거든요. 그러면 정년퇴직을 한 분들은 거의 퇴직금도 있지만 연금도 있고 그러잖아요? 생활의 여유가 있어요. 그러면 큰돈을 벌지 않아도 좋거든요. 그런데 그분들이 오려면 첫째는 환경이 좋아야 돼요. 살기가 좋아야 되거든요. (삶의 질이 높아지는) 이런 멋진 환경을 얼마나 더 만들어줄 수 있느냐 이게 또 중요한 것 같아요.

아나운서 예.

김민영 다음은 다문화가정입니다. 우리는 단일 민족 이렇게 이야기하지만 이제는 그렇게 이야기 하기는 좀 어려운…(측면이 있죠). 다문화가족이 정읍도 715가정 정도 되더라구요. 이분들이 소통을 하고 가정을 잘 꾸려서 행복한 가정을 이룰 수 있도록 정책적인 지원이 꼭 필요하다고 생각합니다.

그리고 청년들이 정읍을 떠나지 않아야 될 거 아니에요? 청년들이 창업하기 좋은 도시가 되어야 해요. 근데 다행히 정읍은 3대 국책 연구소가 있습니다. 여기에서 지금 종사하는 사람들만 하더라도 500명이 되거든요. 이분들이 한 연구 결과를 청년들이 받아서 창업할 수 있는 제도를 만든다든가, 그런 소통이 될 수 있도록 하면 청년들이 창업하기 가장 좋은 그런 곳이 될 수 있다고 생각을 합니다. 이런 게 어우러지면 틀림없이 인구가 늘어난다고 생각을 합니다.

아나운서 정읍 경제 침체와 관련한 얘기도 여쭙지 않을 수 없는데 어떤 방식으로 활기를 되찾을 수 있다고 보시는지요?

김민영 예, 화면 떴으니까 보면서 말씀을 드리겠습니다. 사실은 인구가 너무 적으면 경제를 운영하기가 쉽지가 않습니다. 그래서 전주를 중심으로 해서 100만 경제도시 이런 것을 주장하

는 것도 얼마 전에 봤었는데요. 정읍도 마찬가지인 것 같아요. KTX가 있다는 것은 굉장한 장점입니다. 서울을 1시간 30분 만에 갈 수가 있거든요. 그런데 익산이나 이런 데보다 더 좋은 것은 KTX 타는 데까지 보통 시내에서 보통 5~10분이면 가서 탈 수 있습니다. 그러면 서울에 내리는 시간까지 1시간 40분이면 가능해요. 그럼 출퇴근 거리라고도 볼 수 있습니다.

이런 장점을 갖고 있는데 그러면 (그런) 장점을 지금 정읍만 이용하고 있냐, 이것만은 아닌 것 같아요. 부안이나 김제나 고창이나 그다음에 장성이나 영광, 순창 또 전주도 일부 KTX를 타기 위해서 오는 경우가 있습니다. 이분들이 정읍에 거점으로 이용할 수 있는 곳을 저는 꼭 만들어야 한다고 생각합니다.

이게 마이스MICE 산업거점센터인데요. 저는 이것이 (정읍에서도) 제대로 활성화 된다면 이곳에서 회의도 하고, 서울 사람들이 내려와서 회의하고 가는 겁니다. 전시도 하고 컨벤션 기능도 하고요. 그다음에 어떤 지역을 내려올 때는 지금은 시간이 돈이기 때문에 자가용을 가지고 관광을 하는 경우도 있지만 KTX를 타고 와서 차를 두고 버스를 이용한다든가 렌트를 해 가지고 관광을 하는 경우도 많습니다. 이것도 마찬가지로 정읍이 중심이 되고 절대적으로 홍보를 해야 한다고 보거든요.

이런 것들이 (마이스 산업거점센터에서) 함께 이루어진다면 또 정읍이 중심축이 되는 거구요. 여기에다 이분들에게 필요한 문화

시설이라든가 쇼핑이 같이 이루어지면 부가적인, 그러다 보면 일자리가 생기고 사람이 모여들게 되고 청년들이 창업할 수 있는 환경이 되고, 여기에다 정읍만의 색깔이 있는 문화를 넣고요. 그다음에 관광사업을 육성하고요. 인근에 지자체 협의해서 콘텐츠를 연결해주고요.

아나운서 교통이 좋으니까 이것들을 좀 십분 활용해서, 화면에 나와 있는 이런 사진에 나와 있는 전시나 관광 문화까지 모두 아우를 수 있는 곳이 바로 정읍이다, 이런 말씀이시죠?

김민영 예, 거점을 정읍으로 두고 싶은 겁니다.

아나운서 예, 시간이 좀 많이 지나서 다음 현안으로 바로 넘어가겠습니다. 농촌경제도 사실 매년 어려워져가고 있잖아요? 해법, 어떤 것들이 있을까요?

김민영 예, 농촌경제 해법, 쉽지 않습니다. 그렇지만 정읍 같은 데는 도농도시이기 때문에 농촌도 뭐랄까요, 인구는 한 20% 대에 있지만 실질적으로 차지하는 경지 면적이나 이런 것들은 굉장히 넓기 때문에 농촌이 살아야 어떻게 보면 정읍이 산다고 볼 수 있을 것 같습니다. 저는 그래서 이 농촌문제도 정읍을 시내를 중심으로 해서 네 군데로 이렇게 지역을 좀 나눠봤습니다.

동부권 같은 경우는 구절초 축제가 지방정원으로 선정이 되어

"민영, 民榮! – 시민을 꽃피우다"

정읍 VISION+(비전플러스) 2

미래 선도 농업
스마트팜혁신밸리 · 농촌진흥청

4대혁신 · 4대전략으로
살맛나는 정읍

북부권
미래농업 · 식품산업 거점도시

서부권
농식품 · 역사문화 거점도시

동부권
역사 · 문화 · 관광 거점도시

지역균형발전
농촌개발 · 산업육성

남부권
첨단산업 · 농생명 거점도시

지방소멸기금
연간 1조원

있거든요. 이 부분은 예를 들어서 내장산과 그다음에 구절초 축제장, 그다음에 용산호, 그다음에 시내 이렇게 어우러진 곳에 국가정원 유치를 하나 했으면 좋겠습니다. 국가정원이 지금 순천만하고 태화강이 있는데 경제적인 유발 효과가 제가 봤을 때 태화강 같은 경우에 5,000억이 넘는다는 그런 언론 보도를 본 적이 있거든요. 그래서 환경도 살리고 관광도 살리고 먹거리도 그 안에다 넣으면 되니까요. 그다음에 산악지역 같은 데는 요새 레저스포츠 활성화를 시킬 수 있거든요. 산악자전거를 탄다든가 산악 마라톤을 한다든가 힐링코스를 이용한다든가 이러기 위해서 임도를 낸다든가, 이렇게 복합적으로 산림을 자원화하는 것도 굉장히 의미가 있는 것 같습니다. 또 동부권 같은 경우 무성서원이 있고 그러기 때문에 여기에 역사적인 것, 문화적인 것을 담아낸다는 것이죠.

북부 같은 경우에는 미래농업하고 식품산업의 거점을 제가 말씀드렸는데, 얼마 전에 김제에서 스마트팜 혁신밸리를 오픈했지 않습니까? 이곳도 거기서 15분에서 20분 거리밖에 안되거든요. 농진청 같은 경우도 마찬가지입니다, 완주에 있는. 이런 거 같은 경우도 같이 연결을 하다보면 북부권 같은 경우 미래농업, 식품산업 거점이 충분히 될 수가 있을 것 같습니다. 그러면 농촌이 또 새로운 활기가 돌 것 아닙니까?

그리고 서부권 같은 경우는 식품, 역사, 문화의 거점으로 만드는 것이 굉장히 중요한 거 같습니다. 이런 부분들도 얼마든지 지금 가능하거든요.

그다음 남부권 같은 경우는, 첨단산업, 생명산업, 3대 국책연구소가 있거든요. 여기를 그런 메카로 만들어 여기에서 연구했던 것들이 농촌에 바로 접목이 될 수 있도록 하고 그리고 농촌에서 또 필요한 것은 여기다 연구를 의뢰해서 농촌의 새로운 미래를 설계해나가는 것이죠.

시내 중심가는 먹거리가 있고 문화가 있고 복지가 있고 사람들이 모여드는, 주변에서 이런 것들이 함께 이루어지면 정읍은 제가 봤을 때 4대 혁신 과제하고 4대 전략만 잘 살리면 살맛나는 정읍, 희망이 있는 정읍, 스쳐가는 정읍이 아니라 모여드는 정읍, 머물고 싶은 정읍, 그리고 대한민국 국민이면 한 번쯤은 나도 정읍 같은 곳에 가봐야겠다, 와 이런 곳에서 한 번 살아봤으면 좋겠다 하는 이런 꿈의 도시가 되었으면 좋겠습니다.

아나운서 네, 농생명만 놓고도 상당히 구체적인 안을 제시해주셨는데요, 마지막 현안 질문 드려보겠습니다. 인구 문제와 맞닿아 있을 수 있는 그런 질문일 수 있겠습니다만 정읍시 청년정책, 구체적으로 어떤 방향으로 가야 한다고 생각하시는지요?

김민영 예, 청년정책은 말 그대로 청년들이 와서 살고, 그렇지 않으면 살고 있는 우리 청년들이 떠나지 않고 정읍에 머무를 수 있도록 하는 거잖아요?

아나운서 그렇죠.

김민영 떠나지 않는다는 것은 뭔가 돈벌이가 돼야 해요. 청년들한테요. 제가 봤을 때는 창업하기 가장 좋은 곳이 되고 농촌에 있어도 청년들이 꿈을 키울 수 있는 환경이 만들어져야 한다는 것이거든요. 그러면 청년정책에 있어서는 무엇보다 중요한 것이 소통이라고 생각합니다. 청년들이 희망하고 있는 것이 뭔지 저는 (청년)위원회를 꼭 만들어가지고 학교, 우리 청년들, 소상공인들, 학자나 전문가 이런 분들이….

아나운서 먼저 의견을 좀 들어야….

김민영 그렇죠. 단체를 만들고 의견을 들어서. 요즘 같은 경우

소상공인들도 코로나 때문에 너무 어렵잖습니까? 카드 값을 지원을 해준다든가, 그렇지 않으면 구절초 축제 같은 경우에도 예전에 제가 위원장 하면서도 보니까 입장권 5,000원 중에 상품권 2,000원을 거기서 쓰고 3,000원을 수익을 잡는데 그것을 수익으로 잡지 말고 3,000원은 시내 가서 쓰게끔 하자 했거든요. 참 좋은 방법이잖아요. 그러면 구절초 축제에 왔던 사람이 시내를 갈 수밖에 없을 거 아녜요. 그러면 시내에서 소상공인들은 활발하게 경제가 활성화될 거 아닙니까? 저는 이런 것들을 찾다보면 시내에서 젊은 사람들이 꿈을 가지면 얼마든지 경제적으로 활성화될 수 있는 방법이 있다, 이렇게 하나하나 찾아 가야 된다, 이렇게 생각을 하구요.

또 청년들이 살기 위해서는 결혼하기가 좋아야 할 것 같아요. 결혼을 했을 때 대폭적으로 저는 지원을 해주었으면 좋겠습니다. 예를 들어서 주거문제가 제일 중요하잖아요. 무이자로 걱정 없이 주택을 마련할 수 있도록 하고 또 창업자금이 필요할 거 아닙니까? 이런 부분도 저는 금융을 해봤기 때문에 누구보다도 잘 압니다. 어떤 방법으로 시에서 행정적인 예산 범위 내에서 지금도 충분히 가능하다고 저는 보고 있습니다. 이자에 대한 차액만 (제공)해주면 되니까요. 금리가 낮기 때문에요. 이런 것들이 전체적으로 잘 어우러지면 청년들도 정읍에서 꼭 머물러서 살고 싶고 또 외부에서 청년들이 와서 머무는 곳이 정읍이 되지 않을까 저는 이렇게 생각을 합니다.

아나운서 네, 좋습니다. 오늘 이렇게 시간 내서 함께 해주시고 계신데 모니터 앞에서 출마 예정자님과 끝까지 함께해주고 계시는 시청자분들, 미래의 유권자, 지지자분들을 위해서 이 자리를 빌려서 제이티브이JTV 뉴스 채널 홍보도 한 번 부탁드리겠습니다.

김민영 먼저 감사 말씀부터 드려야겠네요. 이런 좋은 자리에 저를 초대해주셔서 이렇게 우리 시청자 분들한테 마음 놓고 제 마음속에 있는 의견을 얘기할 수 있는 기회를 주셔서 너무 감사하고요. 저도 홍보를 좀 하겠습니다. 여기 한번 봐주시죠. 유튜브 제이티브이 뉴스 구독 부탁드려요. 구독은 힘이 됩니다. 사랑합니다. 많이 봐주세요. 고맙습니다.

아나운서 예, 감사합니다. 30분이 생각보다 금방 이렇게 지나가고 있습니다. 물론 더 하시고 싶은 말씀들이 참 많으시겠지만 또 다음 기회에 이런 자리가 있으리라고 생각하고 마지막으로 하고 싶은 말씀 듣고 오늘 이 시간 마무리하도록 하겠습니다.

김민영 예. 사실 코로나로 인해서 많은 사람들이 어려움을 겪고 있는 것 같습니다. 특히 소상공인들, 우리 청년들, 농촌, 자영업자들 이런 분들이 많이 어려워하고 있는데요, 준비를 하면 이런 어려움이 기회가 될 수 있다고 합니다. 그래서 준비를 잘해서 우리 함께 슬기롭게 이 어려움을 희망으로 우리가 만들어

갔으면 좋겠습니다. 저 김민영은 항상 생각하고 있습니다. 제가 똑똑하기보다는 함께하면 힘이 될 수 있다는 것, 구절초 축제 할 때 제가 이런 것을 느꼈습니다. 소나무 숲에 구절초가 한두 개 심어졌을 때는 그냥 이쁘기만 하더라구요. 그런데 하얀 눈같이 많이 피었을 때는 많은 사람들에게 감동을 주더라고요. 우리 삶도 마찬가지인 것 같아요. 꿈이나 희망도 함께 했을 때 그게 현실이 되고 미래가 되고 우리의 삶, 우리의 모습이 되지 않을까 이렇게 생각합니다. 진심으로 저와 함께 해주신 모든 분들과 시청해주신 모든 분들께 정말 감사드리구요. 올 한 해도 며칠 남지 않았습니다. 올 한 해 마무리 잘 하시고 가정마다 항상 좋은 일들만 있으시기 바라겠습니다. 대단히 고맙습니다.

아나운서 정읍시장 출마 예정자 김민영 전 정읍산림조합장과 함께 했습니다.

조명이 꺼지고 마이크를 내려놓으면 후회가 쓰나미처럼 몰려드는 게 방송이다. 특히 생방송은 더 말해 무엇이겠는가. 굴속으로, 물속으로 사라지고 싶은 느낌이 든다. 처음 방송국에서 질문지를 받고 문항에 꼼꼼히 답을 달아 준비했다. 그러나 이후 나는 답지를 보지 않고 말을 하기로 결심했다. 나는 산골 소년으로 태어났다. 우리 부모님, 아내, 자식들과 이야기하듯 쉬운 말로 시민 앞에서 이야기하고 싶었다. 카메라를 보고 이야기해야 했지만 카메라 아닌 시민들과 대화한다는 마음으로 했다. 촌스런 말들이 토씨처럼 자꾸 튀어나왔지만 부모님 사진에 울컥 눈물도 나왔지만 우리 청년들의 현실을 이야기할 때는 할 말이 많아 이야기가 삼천포로 가듯 길어졌지만 그래도 진심을 담은 30분이었다. 길고도 짧은 시간, 진심으로 소중한 시간이었다.

이제 시민이 꽃필 때

1판 1쇄 인쇄 2022년 2월 19일
1판 1쇄 발행 2022년 2월 26일

지은이 김민영
펴낸이 최한중

인쇄·제본 (주)민언프린텍

펴낸곳 도서출판 스핑크스
주소 (10378) 경기도 고양시 일산서구 고봉로 329번길 5
전화 0505-350-6700 | 팩스 0505-350-6789 | 이메일 sphinx@sphinxbook.co.kr
출판신고번호 제2017-000187호 | 신고일자 2017년 10월 31일

ISBN 979-11-90966-05-4 03810